文春文庫

中野のお父さん

北村 薫

目次

中野のお父さん

夢の風車

1

「それから、——『夢の風車』。以上、四作で決定です」

チーフの足立《あだち》が顎を突き出すようにいい、予選会が終わった。一同、やれやれと腰を伸ばしたり、背広の肩を叩いたりする。

『夢の風車』が全会一致、続く二作も、揉めることなく点数順に入った。すんなり行きそうな雰囲気だったのに、最後の最後で、時間を取られた。傾向の全く違うものが残ったから、比較が難しかった。愚痴も出た。

「二つ通せるレベルなら、張り合いもあるんだがなあ」

本選に回すのは四作——という目安はある。だが、絞り切れず最終候補五作となった年も、なくはない。しかし、今年は、

「三作でもいいくらい」

という出来だった。とはいえ、減らした前例がない。《今回は低調なんだな》という印象を与えたくもない。やはり、四つにしたかった。

ところが、どちらを推す者も、

「強いていえば――」

という感じだ。熱がない。それだけに難しかった。結局、後一作――となってから結論が出るまで、一時間かかってしまった。

新人賞の選考方法は、会社によって違う。文宝《ぶんぽう》出版では、一次を社外の委員に任せる。ある程度の数になったところで、社員が読む。通過は難しい――という作でも、一応、二人以上が目を通す。そして今日の、社内選考会になったわけだ。

「じゃあ、わたし、『夢の風車』行きます」

田川美希《たがわみき》が、勢いよく手を上げた。それぞれの候補者に担当が付く。作者と連絡を取り、その後の、細かい打ち合わせをする。めでたく受賞の運びとなった時は、そのまま書籍の担当になるわけだ。

「ミキちゃん、いいとこ取りするねえ」

「いいえ、自然の流れですよ」

終始、熱烈にこの作を支持して来たのが美希だから、確かに《自然》なのだ。しかしながら今回は、これの出来がずば抜けていた。対抗馬は事実上いない。鉄板の本命を買うといわれても仕方がない。

「まあ、――田川だろうな」

と、足立がいった。内容も考えての、公平な判断だ。主人公が三十前の女性なのだ。

美希と重なる。四十男がやるよりいいと思ってくれたのだ。

他の三作の担当も決まった。

これから著者に電話をする。いい連絡だ。それを思うと、胸のうちが華やぐ。美希は会議室を出ると、長身の肩で風を切るように歩いた。

電話の前に、コーヒーを一杯だけ飲む。ちょっとだけ、連絡前の気分を楽しむ。新人だから、最終候補になったと聞けば飛び上がって喜ぶだろう。これから、その気持ちを共有出来るのだ。

本選で落ちた相手にかける時は、逆にこちらもどんよりしてしまう。文宝推理新人賞の担当になって三年の美希だが、まだ栄《は》えある受賞の連絡をしたことがない。今年は『夢の風車』のおかげで、そうなるかも知れない。いや、

――そうなる。

と念じ、コーヒーを飲み終えた。時計を見る。平日の五時だ。著者は、五十八歳男性。会社員。電話番号は自宅のものしかない。

――いないだろう。

と思いながらも、かけてみる。案の定、留守電になっていた。

「国高貴幸《くにたかたかゆき》様のお宅でしょうか。こちら、文宝出版編集部の田川美希と申します。ご連絡したいことがございますので、またおかけいたします」

そう録音して切った。今夜は、まだ仕事がある。予選通過の連絡は、重要なことだ。

直接、話したい。

夕食を急いで食べ、進行中のゲラをチェックしているうちに、たちまち九時過ぎになってしまった。あまり、遅くなってもいけない。

国高の家にかけると、今度は繋がった。応募の資料に書かれた年齢より若い、テノールの声が応じた。確かめると、当人だという。

はずんだ調子ではない。物足りない。

――何の電話か、見当が付くだろう。もっと浮き浮きしてほしいな。

と、美希は思った。きっと、それだけ緊張しているのだろう。

「この度、文宝推理新人賞にご応募いただきました、国高さんの『夢の風車』が最終選考に残りました。わたくし田川が担当をさせていただきますが――」

いいかけたところで、

「ちょっと待って下さい」

「――はい？」

国高の声は、詐欺師に対するようなものだった。

「――応募していませんよ、わたしは」

美希は、一瞬、絶句した。奇妙な沈黙が生まれた。

「……それは……」

「あなたは、確かに、文宝出版の方ですか？」

「……悪戯《いたずら》ではありません。そちらは、国高さん……ですね」

「ええ」

「お声が若く聞こえますが……。貴幸さんでいらっしゃいますか?」

「はい」

「五十八歳の――」

「もうじき還暦の、国高貴幸です。というか『夢の風車』を――」

――何だ、やっぱり知っているんだ、と美希は思った。だが、続く言葉は、さらに意外なものだった。

「――投稿したのは、一昨年《おととし》のことですよ」

2

頭がくらくらした。

――どうなってるの?

これが凡作だったら、くらくらの度合いも少なかったろう。平均点の低かった今年、

「まあ、一作あればいいんだから」

と、期待を一身に集める『夢の風車』だ。それがレースから抜けることになったら……。

――受賞作ナシ。

という言葉がちらついた。出版社として、最も避けたい事態だ。しかしそれ以前に、国高の言葉はあまりに幻想的である。

「……一昨年？」

「はい」

ミステリ新人賞ではなく、ファンタジーの賞なら似合う状況かも知れない。とんでもない時間のねじれだ。だが、声を聞く限り、おかしな相手ではない。語調に乱れなどない。

「……その……一昨年の審査結果は……」

「いや、何の連絡もありませんでした」

「……二次選考の通過作は、ご覧になりましたか？」

二十編ほどに絞ったところで、その作品名は、文宝出版の雑誌で発表している。個人に連絡を取るのは、最終選考に残ってからだ。

「気になりましたからねえ。『小説文宝』は見ました」

「……そちらにも？」

「いや、かすりもしませんでしたよ」

皮肉に聞こえる。

「はあ」

「実は、その前から何回か応募していたんです。これといった手ごたえもないもので、結局のところ才能がないものと、あきらめたわけです」

言葉に嘘はなさそうだ。いや、嘘をつく理由など考えられない。では、何かの手違いで一昨年の原稿が紛れてしまい、今年、出て来たのか。そうだとしたら、とんでもない失態だ。

「あの……『夢の風車』というのは、……大学が舞台のお作ですよね」

「ええ」

原稿に付されている連絡先にかけている。そして確かに、作者――だという相手が出ている。題名も小説の舞台も、すらすら口にしている。理屈からいって間違いであるはずはないが、一応、確認してみた。

「……主人公の仕事は何でしたか？」

「事務職員です」

即答だ。――合っている。では、どうすればいいのか。

「……お騒がせいたしまして、申し訳ございません。……こちらで、事情を調べまして、明日また、お電話さしあげます」

とりあえず、そういって切った。

チーフの足立がいれば、すぐに走って行って相談するところだ。しかし、もう新人賞関係の仲間は残っていない。

それにしてもおかし過ぎる。携帯で連絡するより先に、パソコンを開いてしまった。今までの応募作リストを見る。

著者名のアイウエオ順で呼び出せる。なるほど一昨年の分に、

「……あったよ！」

思わず、つぶやいていた。国高貴幸のところに『夢の風車』の四文字が浮かんでいた。美希が新人賞担当になった年だ。しかし誰も、そんな作品のことなど口にしなかった。

——読まれずに、消えたということは……。

まず、あり得ない。その《まず》がくせ者なのだ。人間の仕事に《絶対》はない。

美希は、首を振った。

——いやいや、紛失、と考えるより、一次選考で落ちた……という方が現実的だろう。かなりの数の応募がある。一次では箸にも棒にもかからない作が落とされる。かなり出来が悪くても、そこだけは通過する筈だが。

しかし……と、美希は思う。

——原稿と予選委員の相性が、とても悪かったら……。

理屈の上では、そこで消える可能性もある。一次で落ちる作品なら、正直いって誰の印象にも残らない。

しかし、考えれば、それが《今年出て来る》ことの方が、より不思議だ。

——一度、脱落した原稿が、復活する可能性は……。

そこで、あっ、と思った。

3

足立の携帯にかける。酒の席にいた。最初は調子に、緩んだところもあった。しかし、事情を告げると、さすがに声が引き締まる。

「——そんな馬鹿な」

「わたしだって、驚きました。ですけど、実際、そういわれたんです。——で、考えたんですけど、今は、原稿、パソコンのデータで送って来る人も多いでしょう」

「勿論」

かなり前から、紙以外の応募も受け付けている。

「アルバイトの人が、何作分か刷り出して、我々のところに持って来ますよね」

「うん」

「バイトさんが、そのデータを選択する時、間違えた可能性はないでしょうか」

ちょっと考え、

「……なさそうだがなあ」

「でも、一昨年のデータも残っているでしょう？」

「ああ」

何があるか分からない。悪い例では、さかのぼって二重投稿の可能性を調べる時など、いい方では、後の流行作家の若書きの作を残しておくため——などと、いろいろ考えられる。とにかく、画像データと比べ文字だ。残しておいても、たかが知れている。容量的な負担になどならない。

そんなわけで、会社のファイルには、以前の応募作も残っている。

「だとしたら、勘違い——というか、操作ミスというか」

「うーん」

到着した原稿は、一カ所にまとめてある。それに番号を振り、記録して行く。データから起こされたものは、刷り出しを同じように扱う。だからアルバイトが間違えれば、古い作品が、

——今年、来たもの。

に、生まれ変わる。

「足立さん、一昨年のデータ、呼び出せますよね」

今年の分なら美希にもすぐ分かる。古いものになると面倒だ。

「そりゃあな」

「明日、早めに来て、やっていただけますか」

「分かった」

電話で詳細を聞いてもいいが、もう遅い。責任者の足立と一緒に見た方がいい。

決着がつくまで、最終予選通過作の発表は出来ない。しかし、本選とはわけが違う。何日の何時に公表――と、細かく決められてはいない。事情をはっきりさせることが大事だ。今は十二月の初め、結論は年内に出せるだろう。それなら問題ない。勇み足をする方が、よっぽど怖い。

念のため、聞いてみた。

「もし――ですよ。もし、一昨年の応募作でも、表に出ていなかったんですから、――大丈夫ですよね」

「文宝推理新人賞に投稿されたことが確かなら、――オッケーだろう」

対外的には問題ない。となれば、改めて今年の応募の意志を確認して、ことを進めたい。

――この魚は逃がせない。

というのが、編集者の正直な気持ちだ。

4

足立への電話を切ると、実家にかけた。名前が登録してあるから、呼び出し音に続いて、

「美希さんです――美希さんです」

と、電話機がしゃべっている筈だ。そのかん高い調子に合わせるように、

「ほいほい」

父が出た。

「これから、そっちに行っていい？」

「そりゃ嬉しい」

家は中野なので、すぐに行ける。就職して都心のマンションに入った美希だが、時々、顔を出している。

兄夫婦も同居していない。父母二人だけでは寂しいらしく、いつでも歓迎される。

「ちょっと変なことがあったのよ」

高校教師をしている父は、

――どうしてそんなこと、知ってるの？

と、いいたくなる百科事典タイプの人間だ。インターネットで分からなかったゲラの疑問を、あっさり解決してくれることもある。相談役として、まことに便利な存在だ。

今回のは、ちょっと毛色が変わっている。しかし国高貴幸の年齢が、偶然、父と同じなのだ。そこに縁を感じた。

「変？　――ストーカーか？」

「そんなんじゃない。仕事のことなんだけど、……行ったら話すね」

「十二時過ぎると、お父さん、眠くなるぞ」

一日も終わりに近いが、一年もそうだ。時間の経つのは早い。コートを着て、外に出る。

「入れ入れ。寒かったろう」

玄関まで、父が迎えに出てくれる。小豆色《あずきいろ》の綿入れ半纏を引っかけている。

「お父さん。来る度に、お腹が大きくなってる」

「大袈裟だぞ」

母が後ろから、

「本っ当にそうなのよー。ズボンが、どんどんはけなくなる」

「歩いてる？」

「冬だからなあ……」

と、父は言葉を濁す。

手洗いうがいをし、着替えて、昔なじみの掘り炬燵に入る。お客様のように、お茶が出て来る。香ばしい蕎麦茶だ。

「ありがとう」

「で、――何の話だ」

美希は、手短に今日のことを話した。自分と同じくらいの女性を主人公にした物語についてである。

「――というわけ。相手の国高さんて人が、お父さんと同じ年。何かご意見があるかと思ったのと……まあ、久しぶりに顔を見せておこうかというのもあるわよ。……ちょっとだけ早いクリスマス・プレゼント」

「勝手なこと、いってるな」

母親が、シュークリームを出す。深夜のお茶会だ。父は、眉を上げ、

「――俺にはないのか？」

「お腹のこと、いわれたばっかりでしょ。夜、食べると太るのよ」

「やれやれ」

と、へこむ。美希は、

「お父さんぐらいの人が、小説でも書こうとするのは分かる？」

「まあな、定年が見えて来る。――その国高さん、若い頃、文学青年だったのかも知れないな。仕事ばかりに打ち込んで来たが、もう六十近い。昔の夢を形にしたい――と思う。このままでいたくない。そういう心理は頷ける」

「で、うちの賞に応募してくれた。――そこで、こんなおかしなことが起こった」

「いや――」

と、父は蕎麦茶をすする。

「――あながち、おかしくもないぞ」

5

くつろいでいた美希は、中学時代からバスケットで鍛えた体を座椅子から浮かせた。

「そうお？」

「だって、書いたのが五十八歳男性だろ」

「うん」

「それで、今回、全会一致の有力候補になった」

美希は、大きく頷く。国語教師の父は、顎を撫でながら、

「――小説の美点というのは色々あるだろう。強く訴えるテーマがあるとか、ミステリの新人賞なら、斬新なトリックとか――」

「ええ」

「でも、今度の『夢の』なんとか――」

「『夢の風車』」

「そうか。――その『風車』がポイントを稼いだのは違うところで――だろう？」

美希は、きょとんとした目で父を見た。

「何で、そう思うの？」

「そりゃあ、ミコの話を聞いてりゃ分かる」

ミコというのは、子供の頃からの呼び名だ。

「そんなこといってないよ」

「まあ、いったようなものなんだ」

したり顔だ。口惜しい。

「どういうこと？」

父は、天井に目をやりながら、

「多分、——登場人物が活写されている。生き生きとしている。嫌な奴が出て来れば、そいつが本当に嫌らしい。いい人はいい人だと伝わる。出て来るエピソードにリアリティがある。——要するに、我がことのように読ませる。物語世界に、読者をぐいぐい引き込む」

美希は、あっけに取られた。

「お父さんが書いたんじゃないよね」

「そりゃそうだ。——『夢の風車』なんて、今、初めて聞いた」

「だったら……」

どうして分かるの——という、同じ質問を繰り返しかけた。だが、父の方から聞いて来た。

「その国高さん、大学の職員じゃないんだろ？」

「うん、会社員」

「それで五十八歳だ。主人公は、二十七、八の女の子だろう？」

「そうよ」

「お前がいった、《大学を舞台にした女の子の話》が、その人にとってのリアルな世界だと思うか」

「……小説だもの、スパイやってなくてもスパイのことぐらい書くわ」

「そこだ」

「どこよ」

「つまり、国高さんは取材をしている。となれば、ことの次第が見えて来ないか？」

美希は首をひねった。

「全然」

「お前はいくつだ」

「悪かったわね」

父は手を振り、

「そんな意味じゃない。お前、主人公と同じぐらいの年格好だろう」

「……………」

意味が分からない。自分の年齢とこの問題に、何の関係があるのだろう。父は、身を乗り出し、

「お前は俺の娘だ。だとしたら、国高さんに――二十七、八の娘がいてもおかしくはな

いだろう」

「あ……」

「その子が――大学の事務職員と想像してもいいだろう。どうだ？　――取材をするのに、一番、楽なのは家族だからな。無理な想像とは思わないぞ」

「それは……そうね」

父は、半纏の腕を組み、

「国高さんは、幾つかミステリを書き、応募してみた。しかし、読ませるものじゃなかったんだろう。ずっと一次で落とされて来た。――そうだな？」

「うん」

「きっと、小説を書くのが苦手だったんだ。《書きたい》という気持ちだけはある。――何とか、もっと小説らしい形をつけたい、リアリティを得たい、と思った。――娘さんに、職場の状況を聞き、それを取り入れて『夢の風車』を書いた。国高さんにとっては、《これで駄目なら、投稿はあきらめよう》という勝負作だ」

「それで、やっと……傑作が出来た」

父は、あっさりと受けた。

「そう簡単にいく筈がない。材料が変わったところで、――料理人が同じじゃあな」

6

「一昨年も落とされたんだろう。やっぱり骨しかない、小説としての、肉や旨みに欠けたものだったんだ」

美希は、バスケットの試合で不当な判定を受けた時のように、身を慄《ふる》わせた。

「そんなことない！——『夢の風車』は、よく書けてたよ」

父は、買い物をねだる子をなだめるように、

「だからさ、ミコ。——一昨年から去年までの間に、その粗筋だけだった『夢の風車』を小説にした者がいる——そう考えたらどうだい。全て、納得出来るじゃないか」

「——は？」

「二十七、八歳女子、大学事務職員の生活を、共感を持って描けるのは誰だ。——二十七、八歳女子、大学事務職員だろう」

美希は、シュークリームをぱっくり食べられるぐらい、口を開けた。

「ああ……」

父は、美希の反応を満足げに見て、

「親父さんは取材をしたぐらいだから、小説を書いていると明かしたろう。娘としたら、どうだ。落ちたにしたところで、どう書かれているか——興味はある」

「わたしだって、読んでみたいわ。お父さんの落選小説！」

「俺は落とされてないぞ」

と、唇を突き出す。美希は、

「――もう発表はあきらめたけど、それでふっ切れたのね。見せてもいいやと、娘に原稿を渡した……」

「そうだ。娘が読んでみると、どうしたって五十八の、オヤジの小説だ。今の大学の空気が描けていない。会話だって、今時のものじゃない」

「それで自分なりに、……書き直してみた」

「最初は、試しにいじる程度だったろう。しかし、どんな職場だって嫌な奴はいる。腹にすえかねる出来事はある」

「あるわあ」

という美希の声に、実感がこもっていた。

「嬉しいこと、ほっとすることもある。書いてるうちに、そういう思いに火がつく。筆が進む。原作にない登場人物だって出て来る。――大まかな筋は、親父のものがある。しかし、小説ってのはせんじ詰めれば筋じゃない。どう書くかだろう」

傑作だった小説が、映画化されると凡作になることは珍しくない。展開は同じなのに、心に響いて来ない。いかに語られるか――こそが物語を飛翔させるのだ。

「つまり娘には、《どうしても書きたい》という必然性があったんだ。ミステリだから殺人事件があったんだろう。犯人の設定も、トリックも同じなんだろう。それでも書き手が違えば、小説は——全く違うものになる」

「分かる」

「『夢の風車』が、そこで本当に回りだしたんだ」

7

「さて、書き終えた娘はどうする。この作を無駄にするのは惜しい気がする。しかし、改作こそしたが、芯にあるのは父親の創作だ。そこで閃いた。父親は、ずっと投稿していた。また——父の名前で出したらどうか」

「……そうか」

「通るなんて思っていない。だから、父親にもいわなかった。改作していることも、いわなかった。——もし、いいところまで行ったら、父親をびっくりさせられる」

聞けば聞くほど、その推理が確かなものに思えて来た。この奇妙な事態に対する合理的な説明は、これしかないのではないか。データ勘違い説より、よっぽどいい。

「すごいなあ、お父さん、創作能力あるんじゃない？」

「一応、編集者の親だからな」

美希は、蕎麦茶を飲み、シュークリームを食べ終えた。出版業界に入り、酒もかなりいけるようになったが二刀流、甘いものもオッケーだ。

「でも、だとすると心配がひとつ」

「何だ」

「ずっと投稿しても駄目だったお父さんの気持ちよ」

「うん？」

「娘が手を入れたら、あっさり通った――なんて、屈辱じゃない？」

父は、にっこり笑った。

「お前はまだ、《父親の心》が分かってないな」

「どういうこと？」

「仮にだよ、俺が国高さんと同じ立場だったとしよう」

そこで父は、ちらりと後ろを振り向いた。母親は台所にいない。風呂に入ったようだ。向き直った父がいう。

「――お母さんが手を入れて、たちまち通ったら、夫として愉快ではない」

「まあ……」

「でも、お前が相手なら、嬉しくなってしまう。――そうか、ミコがやってくれたか、と思う。胸がわくわくする」

「……そういうもの？」

「ま、世の中色々だから、絶対に――とはいえないよ。だけど、娘に取材出来たり、原稿を読ませたりする親だ――とする。娘の方も取材に応じ、父親の書いたものを読みたがる。そういう親子関係が出来てるんなら大丈夫。――父親ってのはなあ、お前が思っている以上に甘いもんだぞ」

8

翌日、足立に一昨年の『夢の風車』を呼び出してもらった。

画面上に出た文章が、全く違っていた。生彩のない会話を、粗筋のような地の文が繋いでいた。

枚数も、規定最低限ぎりぎりだった。短いのは、決して悪いことではない。しかし、この場合は、引き締まった緊張感など全くなかった。むしろ、短いのに、規定に合わせるため引き伸ばしているようにさえ見えた。

一方、今年の『夢の風車』は会話も文章もいい。次から次へとページをめくりたくなる。ミステリ的な筋こそ同じだが、四百字換算で二百五十枚ほど増えていた。豊かな物語性があった。

父の《推理》を伝えると、足立は、

「……それ、当たりかもな」

と感心した。

昼前に、国高から電話が入った。

「お騒がせいたしました。実は娘が――」

となり、ことは決着。

「そうしますと、お父様と娘さんの合作ということになりますね」

「はあ……」

という国高の声は、照れくさそうだった。

「ミステリの世界では、色々な合作者がいますが、有名なところではエラリー・クイーン」

若い頃からのミステリファンらしい国高は、無論、その名前を知っていた。美希は、一歩進んで、

「――お父様がフレデリック・ダネイ、お嬢様がマンフレッド・リーですね」

二人でひとつのペンネーム、クイーンを名乗る。

「いやあ、そんな……」

と答える国高は、幸せそうだった。

二月の末に本選があり、予想通り『夢の風車』が文宝推理新人賞受賞作となった。全会一致だった。

国高の娘は、今まで通り大学に勤務する。今後も、父の立てたプロットに小説の肉付けをする形で書いて行きたい、といった。

表向きは国高のみが作者——ということになる。裏に仕掛けがあるのもミステリ的で面白い。取材には、父の国高が、一人で応じる。担当の美希も、当然、同席する。

繰り返し、聞かれる質問があった。

「国高さんは、そのお年で、しかも男性なのに、よくあれだけ生き生きと、——若い女性の心理を、お描きになれますね」

国高は、緊張しつつ答える。

「——それがまあ、小説を書くということで……」

そんな新人作家を横目で見ながら、美希は、何となく——父の隣にいるような、くすぐったい気分になるのだ。

幻の追伸

1

――いま、刑務所はローマ帝国へと変貌する

「迫力だったねえ」

と、買ったパンフレットの最初に書かれている。

と、百合原《ゆりはら》ゆかりがいった。『塀の中のジュリアス・シーザー』という映画を観たところだ。

誘われた田川美希が、

「ジュリアス・シーザーっていうと英雄っぽいけど、ジュリアス・シーサーっていうと、沖縄にいそうですね」

「そりゃあ、魔よけだよ」

などと、とぼけたことをいい合いながら京橋のビルに行って来たのだ。先輩に誘われての映画鑑賞である。ベルリン映画祭でグランプリを取った話題作だ。

見終われば、さすがの力作だった。二人で、お茶をしつつ、

「《ローマ帝国》が、ぐーんと近くに、引き寄せられた感じでしたね」

ローマの刑務所で、囚人達による演劇実習が行われている。現代の実話だ。それに心引かれた監督が、シェイクスピアの『ジュリアス・シーザー』が演目として決まってからの、オーディション、稽古、舞台をドキュメンタリータッチで記録して行く。

謀略、懐疑、裏切り、殺人などのからみ合う劇が、刑務所の中で作られていく。古代の人間像に、囚人達の顔が、心が重なって行く。

「あの二重性に目をつけたところは凄いね。確かに人間のドラマが浮かんで来る」

と、ゆかりが、猫っぽい目を細めていう。

「うちの会社で演《や》ったら、どんなキャストになりますかね」

「――ん？」

「誰か、野心を抱いてるヤツいますかね。社長の座を狙ってるヤツ」

シーザーは反対派に、自由の敵、独裁者になろうとしているとして糾弾された。

「分からんね。……うちの連中って、面倒な役職につくより、編集の仕事してる方がいいっていうタイプが多いから。……ああ」と、ゆかりは眼鏡を光らせ、

「丸山《まるやま》さん、この間、《俺は社長になる》って叫んでた」

丸山は『小説文宝』の編集長。ゆかりの直属の上司だ。

「酔って？」

「いや、酔わないで」

前後関係は分からないが、それなら野心はある。

「じゃあ、シーザー」

「……にしては小物だな」

美希はかまわず、こぶしを振り上げ、

「――文宝人よ、同胞諸君よ。丸山は野心を抱いていた」

と、シェイクスピア調でいう。ゆかりは、ハーブティをなめるように、ちょろりと飲み、

「ああ、とうとうマルちゃん、殺されちゃった」

広く知られる通り、シーザーは暗殺される。

「《いま、会社が刑務所に変貌する》！」

「違うでしょ」

「え？」

「《会社が、ローマ帝国になる》んでしょ。芝居するんなら」

「あ、そうか」

ゆかりは、首を振り、

「深層心理の反映だよ、それは。……大分、疲れてるんじゃない？」

美希は、

「まあ、そこそこです」

「『夢の風車』も好調ね。がんばりのおかげかな」

　美希の担当した、文宝推理新人賞受賞作――それが『夢の風車』だ。最近の受賞作中では傑出している。なかなかの作品だ。書評も好意的なものが出、売れ行きがいい。担当者にとって、こんな嬉しいことはない。新人賞では珍しく、幾つもの取材を受けた。こんな忙しさなら大歓迎だ。

「――でも、雑誌の方がずっときついですよね。朝帰りがある」

　美希のいる出版部に比べ、雑誌は、毎月、待ったなしの苛酷な締め切りが襲って来る。校了時の修羅場がひと通りではない。会社を出られるのが、朝の四時、五時という日がしばらく続く。

「まあねえ」

　美希はいう。

「わたし、それで、家を出たんですよ」

2

　美希は今、都心のマンションで一人暮らしだ。実家は中野。通勤には全く差し支えない距離だ。

　学生時代の自分が聞いたら、きっと、

——独立心が、利便性を上回ったのだな。

と、思うだろう。この場合は、そうでもない。

「親御さんに怒られたの」

「いえいえ。——うちの親は、わたしの仕事、理解してますから」

「だったら……」

「ご近所ですよ、問題は」

「ああ……」

「新卒で入って、最初に配属されたのが女性誌だったんです。——わたし、それまで体育会系で、地味でした」

美希は、ずっとバスケットボールをやっていた。

「うん」

「ところが、郷に入れば郷に従えで、ファッションもメイクもそれなりに派手になったんです。——おまけに、締め切りの頃は連日、朝帰り。通勤のおじさん、お兄さんとすれ違う。——そのうち、母がいわれ出したんです。近くのおばさんと世間話してると、別れ際に、ふっと思いついたように、さりげなーく《……お嬢さん、もうお勤め？》って」

「分かるなあ、その感じ。《あそこんちの娘、道を踏み外したのかな。一体、何があったんだろ》っていう……」

「後ろ暗いこともないんですけど、《こりゃあ、出た方が無難かなあ》と思いましたね」

かくして現在、中野の実家では、定年近い父と、母が二人暮らしをしている。

「あんまり、帰らないの」

「いや。結構、行っちゃいますね。近いし、やっぱり、あっちに行くと何かと楽なんで。——こそ泥みたいに、忍び込んだこともありますよ」

「へえ？」

「会社で夜中の二時が過ぎ、三時が過ぎる。そんなの珍しくもない。ところがある時、心身二つながらダウンしました。歯車の加減で、そうなることあるでしょ？」

「人間だものねえ」

「冗談もいえないほど、くたくたになったんです。このままマンションに帰っても、何も出来ない——と判断し、緊急避難。暗い実家に足が向きました。世間も我が家も、まだ寝静まってる。音を立てないように鍵開けて、そーっと入りました。——抜き足差し足。勝手知ったる自分の家。そのまま自分の部屋の戸を開けた。多少の荷物は押し込んであるけど、基本、昔のままです。古なじみのベッドにもぐりこんで、爆睡しちゃいました」

「おやおや」

「——親が朝、新聞取りに玄関に行ったら、わたしの靴がある。——幻想絵画でも見たみたいに、びっくり！」

「あはは」

「履いてる靴があるんなら、履いてる人間もいる筈だ」

「そりゃそうね」

「部屋をうかがい、娘、発見。わたしは昼まで寝て、食事のお世話になり、メンテナンス完了。何とか出社いたしました」

雑誌勤務のきびしさを日々味わっているゆかりは、《うんうん》と頷く。それに力を得、美希は続ける。

「――でも同じ校了やってても、女性誌だと損だなあってこともあったんですよ。ネイルのこと」

「ネイル?」

「爪のファッションだって、記事ですよ。校了やってると、《このネイル、いいよねえ》なんてなる。大事な打ち合わせなんですよ。でも、寝不足の続いた夜なんて、編集部全体、滅びに向かうように明るくなるでしょう?」

「太宰治だ」

暗いうちは滅びない――という名言がある。

「ハイになって、かん高い声でやり取りしてたら、いらいらしてる文芸の人に、《何がネイルだーっ!》と怒られました」

女の無駄話と思われたのだ。

「きっと、そっちは暗かったのね。まだ文芸は滅びない」

「そりゃあ、めでたいですけど、《理不尽だなあ》と思いましたよ。――そうやって女性誌に二年です」

「出版部には？」

「えっと、——四年になりますねえ」

「……そういえばさあ、占い師がいってたじゃない。——《三月十五日に気をつけろ》」

と、ゆかり。これは『ジュリアス・シーザー』の話だ。占い師が、シーザーに忠告する。その日、不吉なことが起こるという予言だ。

「ええ」

「わたし、あれ、《三月十四日》に聞こえちゃったわよ」

「なるほど」

文宝出版では特別な日だ。

休日でなければ、三月十四日に人事異動の発表がある。その日は出来る限り社内にいるように——といわれている。

「四年……となると、そろそろ動いておかしくない」

「はい」

——何か希望や、事情のあるものは、総務に申し出るように。

と、いわれている。美希も一応、面談を要望し、

——文芸は続けたいのです。

と、いっておいた。

だがどうなるかは、全く分からない。三月十四日に気をつけろ――だ。

「いきなり《社長になれ》なんていわれたら、困るわね」

「丸山さんに、お譲りしますよ」

3

十四日がやって来た。

一時頃から異動の内示が始まる。皆、早めに昼食をとって、それに備えている。

「田川君、ちょっと――」

と局長に声をかけられた。小部屋に入る。緊張して、言葉を待っていると、

「君には四月から、『小説文宝』に行ってもらいたい」

美希は、即座に頭を下げ、

「はい」

文芸――という希望に合っている。《大変だな》と思いつつ、また一方で安心する。

局長は、つるりと顎を撫で、

「じゃあ、丸山君に挨拶しといて」

編集長に頭を下げに行く。一応の儀式だ。場合によっては、上司が異動になることもある。だが、丸山もゆかりも、去年『小説文宝』に移ったところだ。よほどの不祥事で

も起こさない限り、しばらくは同じ職場の飯を食うことになる。

丸山は、《丸》という名に似合わず細長い顔に銀縁の眼鏡を光らせ、原稿を読んでいた。こちらの気配に顔を上げる。

「……ん？」

「出版部の田川です。四月から、こちらでお世話になることになりました」

「ああ、そう」

——これが、野心家か。

と、ちらりと思った。斜め向かいの席にいたゆかりが、それと察して立ち上がり、

「編集長、明日、三月十五日ですよね」

立たないと、机の上に積み上げられた本や書類の山にさえぎられ、顔が見えない。鼻の辺りから上を、かろうじて覗かせている。

「う。そうだな。……どうかしたか」

「いえ、ちょっと確認」

すっと身を沈ませる。丸山は、美希に目を戻し、

「じゃあ、よろしく頼むよ。あれやこれやは、また後で」

丸山がブルータス達に刺されることもなく三月が過ぎた。引っ越しは四月一日だ。

出版部でも、机の上が片付かない人はいた。次から次へと仕事の波が押し寄せて来る雑誌では、その度合いが甚だしくなるようだ。

ゆかりの机など、壮絶である。前面のカラーボックスから、その上の本棚などは、まあ物が詰まっていて当たり前だが、隙間には大きな紙封筒が幾つも刺さり、タケノコよろしく天に伸びている。机の下の、奥や脇では、資料のつまった紙袋の類いが巨象に蹴り込まれたように、ぎゅうぎゅう泣き声を上げている。机の上も物が溢れている。パソコンがあるため、そこにだけは指を伸ばせる細道が、前からかろうじて通じている。末期的症状を呈しているのは横の引き出しだ。下の方は、前に物が積まれ、もはや引き出せない。開かずの格納庫と考えれば、一応、納得出来る。上部の引き出しこそぐっと引き出されているが、何とそこにも、うずたかく雑誌やら本やら紙やらが積まれている。

要するに、机の面の延長だ。もはや、本来の機能を果たしてはいない。

これだけ空間の確保に努めている机なのに、横手に大きな猫の縫いぐるみが、とろんとした顔を見せている。ここらが、いかにもゆかりらしくていい。なごむ。

上目使いに、

「にゃん」

というのが、新人を迎えるゆかりの挨拶。《ようこそ》という意味だ。向かいが、美希の席になったのだ。

異動の時は、荷物を段ボール箱に詰める。普通は十箱にもなるのだが、美希の場合は六つですんだ。動きやすい。この辺りは、運動部で鍛えられた行動の敏捷性によるものか。

机は、社内共通のスチール製だ。この時期になると、億劫《おっくう》がりの人間が必ず考えることがある。

――同じ机なんだ。引き出しは抜いてそのまま、新しいところに入れればオッケーじゃないか？

ところがどっこい、そうは問屋がおろさない。引き出しにも微妙に個性がある。〇・何ミリなのかも知れないが、食い違う。わずかの差が、線よりも面、面よりも立体では、より問題になる。ひょっとしたら、使われる間に生じたゆがみかも知れない。長年連れ添った夫婦のように、引き出しは机と離れると《何だか変》と首をかしげる。

誰かが無理を通すと、玉突きのように他に波及する。そこで毎年、

――自分の引き出しを、はずして運ばないこと。

というお触れが出る。

――要するに、新しい部署では以前の流儀は通用しない。

と、美希は頷く。

4

『小説文宝』では、四月下旬売り「五月号」の編集が進行している。やることは、もう決まっている。途中参加の美希は、見習いとして手助けする。

特集は《作家の手紙》。それにかかわる様々な企画があがっていた。対談や回想記、

コラムもあるが、そこは小説誌、中心となるのは無論、創作だ。

丸山がいう。

「結局、いい号になるかどうかは企画じゃない。作家で決まるんだよ」

同時に、ねずみ男っぽい目を眼鏡の奥で、ぎろぎろと光らせ、自らの言葉に頷きつつ、

「それはそうなんだ。しかし、まず雑誌を手に取らせる必要がある。――テレビでお宝鑑定番組というのがあるだろう。視聴者は、つい見てしまう。骨董という得体の知れないものに《金額》という、ごく分かりやすい物差しが当てられるからだ」

「なるほど」

「この茶碗とあの茶碗。いいか悪いか、素人にはちんぷんかんぷんだ。しかし、三千円と三百万円、どちらが多いかなら誰にでも分かる。分かった気になる。で、――分かれば気持ちがいい」

「はい」

「これが、うちにも応用出来る」

丸山の考えたのが「作家の手紙お値段番付」だ。歴史のある古書店主に聞いて、市場で動いた手紙の中で、どういうものが話題となり、高価だったかをまとめる。

もともとは私信だ。その値をあれこれいうのは、はしたない。しかし、業界では、確かにれっきとした《商品》だ。そういえば、丸山のいった鑑定番組にも《手紙》は登場していた。

美希自身、

——さて、作家のお手紙、史上最高額は何だったでしょう？

といわれれば、答えを知りたくはなる。狙いはいい。

無論、単なる値段表ではない。古書業界ならではの意外な掘り出し物のことなど、話題には事欠かない。そこから、明治大正昭和平成と繫がる文学史の流れも見えて来るわけだ。

前任者が要領よくまとめたものが九分通り仕上がっている。だが、しばらく前の取材の時には、業界にくわしい人から、

——あの親父さんにも聞いてみるといい。こぼれ話が出て来る筈だ。

といわれた相手が、折悪く風邪で体調を崩していた。

「もう大丈夫なようだから、追加取材して来て」

連絡を取って、出掛けた。神保町でも知られた古書店のご主人だ。興味深いことだから、足取りも軽くなる。

5

古書店の二階は、高価なものだけを扱っている。そこで話を聞いた。

夏目漱石といった知名度ナンバーワンクラスから、美希には一度聞いただけでは漢字

として浮かんで来ない作家も話題になった。それぞれの逸話が面白い。手紙の現物も幾つか見せてもらった。著名作家のものでも、単なる挨拶のハガキ程度なら、美希にも買える値段で出ていた。

「手紙は受取人のところにあります。中には、貴重な時代の証言となるものもある。全集が出る時などに、持ち主が資料提供してくれるといいのです。さもないと埋もれてしまう。――生前に処分される例もあるが、一番危ないのは、持っている方がお亡くなりになった時です。ご遺族に理解がないと、ゴミ扱いです。ごそっと捨てられてしまう」

「値打ちの分かる古書店に預けてくれるといいわけですね」

老齢の店主は、にこりと笑い、

「そうですねえ。まあ、我々の儲けにもなるわけですが、……文化遺産が消えるのは残念です。焼かれたりしたら、取り返しがつかない。手紙の切れ端から、意外な作品理解のヒントが得られたりもする……」

店主は、かけていた鼈甲縁《べっこうぶち》の眼鏡をはずし、それを持った手の甲で額を撫でた。目は、天井を見ている。美希は、

――おや？

と、思った。抽象論ではなさそうだ。

「何か――？」

店主は、視線を上に向けたまま、

「いや……、実は、扱いに困っている手紙がありましてね」

「はあ？」

「蜂川光起《はちかわこうき》に宛てられたものなんです」

文学史上に大きな足跡を残した作家だ。選集は勿論、本格的な全集も二回出ている。

店主は続けた。

「蜂川さんの資料は、ほとんど文学館に行ってるんですがね。去年、お孫さんがうちに未整理の原稿を持ち込まれたんです。雑多なものが一緒になっている。レコードについてのメモ。新聞の切り抜き。それだけ見れば何ということもない、記念煙草の箱のコレクションとかね。そういったものもあった。あの蜂川さんが、こういうものを集めていたのか――これが蜂川光起の手に触れたのか、と思うと、興味深い。――散逸させるのも惜しいので、まとめて、あるところに買ってもらいました。ただね――その中に、《これは、どうしたものか》と思った、一枚がありましてね」

「――手元に残された？」

「ええ……」

古書店は、南向きや西日の入るようには作らない。直接にではないが、窓から入るのは春の夕暮れの、柔らかな光になっていた。

店主は黙っている。こういう流れになれば、どうしても聞きたくなる。

「それは、どういう？」

眼鏡をかけ直して、店主がいう。

「……しかし、あなたは雑誌の《手紙》の特集で来ているのでしょう」

「そうですが」

「いい出したわたしが悪いわけです。どういうわけか、ふむ、あなたが……妙に話しやすかったものだから、つい口を滑らせた。……おかげで気を持たせてしまいました。しかし、今も申し上げた通り、扱いを決めかねているものでね」

「記事にするな――といわれれば、絶対に載せません。――それより、わたし個人としてたまりません。こんな運びになって、続きはなし――は酷です」

店主は頭を掻き、

「アメリカの漫画に『意地悪爺さん』というのがありましたな。眉が濃くておかしな髭を生やしていた。長谷川町子が『いじわるばあさん』を描いたのは、多分、それが下敷きになっているのでしょう。――このままでは、わたしが意地悪爺さんになってしまう」

と、美希には分からないことをいう。次の言葉を待っていると、

「その一枚というのが、――若森瑠璃子《わかもりるりこ》からの手紙なんです」

6

若森瑠璃子は知的な作風で知られる。蜂川よりは二十も若い。晩年の蜂川に気に入ら

れ、書簡のやり取りもしていた。西欧の哲学から書物について生死についての、深い考察がなされていた。それらは、すでに刊行され、蜂川文学理解の大きな材料となっていた。蜂川の死後、彼についての回想も一冊の本にまとめていた。

「若森先生のものなら、あって不思議はないですね」

「まあ、そうですが……しかし、ちょっと変わっている。普通の便箋に書かれていない。――原稿用紙なのです」

美希は、ちょっと考え、

「だったら、書簡体小説ということも――」

「いや、そういう内容でもない。いかにも、さっと走り書きしたような、メモに近いものなんです」

「はあ」

「それが、若森さんのいつも使う二百字詰めの用紙に書かれている。しかもですね、おかしなことに、一行が……十五字になっているんです。十六字目のマスに横棒が引かれている」

「あ、じゃあ、ますます原稿じゃないですか。十五字かける何行で頼まれた――」

「それは無論、わたしも考えました。しかし、十五字はいかにも少ない。……あなたの雑誌にしても違うでしょう？」

「はい。――普通のページは、一行十八字ですね」

――わざわざ、十五字で書くものとは何だろう？

そう考えて美希は、

「――そうだ、絵が入る原稿ですよ。挿絵が付く。レイアウトの関係で、文字数を指定された――」

店主は首を振り、

「うーん、こうなっては、もう仕方がない……というか、お見せするしかありませんね」

その調子に、美希はどきりとし、

「ここにあるんですか？」

「ええ」

お待ち下さい――と、横手のドアを開け、裏の書庫に入って行った。願ってもない展開だ。

ややあって、一葉の原稿用紙の入ったクリアファイルが持って来られた。

若森瑠璃子は、五、六年前に亡くなった。美希の入社当時のことだから、印象が強い。その時、いろいろと逸話が語られた。

会話の中に、すらりとフランス語の単語が出て来たりする。知ったかぶり――と苦々しく思った大学教授が、会った時、わざとフランス語で問いかけた。分かる筈がないと考えたのである。すると、立て板に水の流暢な返事が返って来た。奔流のような会話についで行けず、教授の方が降参してしまった――という。

カチンと来ての仕返し、というわけでもない。そういうタイプではなく、茶目っ気のある人だったらしい。そしてとにかく、打てば響く才気煥発な女性だった。

そんな才媛に似合わず、字が——下手だった。特徴のある、子供のような金釘流《かなくぎりゅう》の文字を書いた。人間、整い過ぎていると面白くない。悪筆もまた、若森瑠璃子の愛嬌になっていた。

美希も、写真版でだが、何回かその筆跡を見ていた。まさに、その文字が目の前にあった。店主のいった通り、二百字詰め——いわゆる半ぺらの原稿用紙に書かれていた。

「これは——?」

ひと目見て分かる奇妙なところがあった。二十字かける十行の筈の用紙の、終わりの二行分がなかった。ハサミで切り取ったほどの、綺麗な線ではない。八行目と九行目の境に物差しのようなものを当て、破り取ったようだ。

「見つけた時から、そうなっていました。誰がやったかといえば、蜂川さんの私物の中にずっと眠っていたわけですから……」

「切ったのは蜂川先生——ですか」

「まあ、そうとしか考えられませんね。若森さんの方から、目上の先生にこんな形で渡したら失礼でしょう」

美希は、書かれている文字を読んだ。店主がいう。

「……いかがです。これが何かの原稿とは、思えないでしょう?」

頷かざるを得ない。
「――そうですねえ」

7

こう、書かれていた。

No.

ええ、そんなこと、わかってるっていったでしょう。先生と私のギャップを埋める必要なんてないのよ。瑠璃子と先生では、何もかも違っている。それでも、いいえ、だからこそ、ふたりこうして結ばれた。ジェラシーなんて、おかしいわ。　瑠璃子確かに、これが原稿とは思えない。広い意味の手紙だろう。調子としては、直接、口に出しにくい場で、持っていた原稿用紙に書き、こっそり手渡した——という感じである。

「これは、びっくりですね」

「そうでしょう。——距離が非常に近い」

「妙に、生々しいですね」

「はい。……これが表に出て騒がれるのもよろしくない。今更、覗き趣味でお二人のことを、あれこれいわれたくもない。しかしですね、蜂川さんも若森さんも、すでにこの世の人ではない。文学史上の存在になった……ともいえる。隠された何事かがあったと考えると、蜂川さんの最晩年の作品に奇妙な輝きの出て来たわけも分かる。……そういう角度からの作品分析は、まだなされていませんからねえ」

「ああ。——それが、さっき、おっしゃっていた《作品理解のヒント》というわけですね」

店主は頷き、

「そうなんです。そう考えると、何だか自分が大事な手掛かりを隠しているようで、後ろめたくもなるんです」

美希は、ふうっと息をついた。

「——ご遺族のお気持ちもありますものね」

「そうなんですよ」

若森瑠璃子は、経済学の研究者と結婚して、仲のいい夫婦として知られていた。子供たちもいる。

「それにしても……」と店主は改めて、原稿用紙の破られた線を指し、「この後、……消えてなくなったところが気になります。もう署名までされていますから、書かれていたとすれば《追伸》ですね。そういったところに、ぽろりと大事なことを書き添える。うん、ありそうなことです。……蜂川さんは、この手紙自体は処分せずに持っていた。しかし、末尾の二行だけは、どうしても残すことが出来なかった」

「破り取った」

「ええ。……そこまでするのです。単なる本文の補足ではない。何か決定的なことが書かれていたのかも知れない」

店主が首をひねる。美希も《うーん》とうなり、

「――切られた部分が、その蜂川資料の別のところに紛れていたりは、しなかったのですね？」

短冊のようになった原稿用紙の二行分が混じってはいなかったか。

「それは勿論、わたしも確認しました、丹念にね」

なかったわけだ。幻の言葉は時の彼方、無明《むみょう》の闇の奥に消えた。もう、誰の目に触れることもないだろう。

その時だった。美希の頭に、突然、父の顔が浮かんだ。天空に阿弥陀仏を見たようだった。

「あ――」

何かをぶつけられた子供のように、半ば口を開き、固まってしまった美希を店主が不思議そうに見る。

「どうかしましたか？」

美希は、徐々に自分を解凍しながら、

「あの、おかしなこと、いい出すとお思いでしょうけど――わたしには、父がいるんです。定年間際のお腹の出たおじさんで、家にいるのを見ると、そりゃあもう、パンダみたいにごろごろしている、ただの《オヤジ》なんですけど――」

「……はあ？」

美希は『夢の風車』の原稿を巡る顚末を、簡単に語った。

「謎をレンジに入れてボタンを押したら、たちまち答えが出たみたいで、本当にびっくりしたんです。この手紙、門外不出だってこと、よく分かりました。うちの社の誰にも――編集長にも話しません。ですけど今、とってもとっても聞きたくなったんです、父が何ていうか。お願いです。このこと――父にだけ、話してみてもいいでしょうか。――そうさせていただけないでしょうか？」

自分でも思いがけないほど、一所懸命、頼んでいた。そのうちに、聞いている店主の顔が、ゆっくり緩んで来た。

「分かりました。今、……コピーを取りましょう」

「えっ。――ありがとうございます」

意外だった。そこまでしてもらえるとは思わなかった。

店主はコピーを渡しながら、美希に微笑んだ。

「わたしにも娘がいます」

「――え?」

「といっても、もう五十ですがね」

――そうか、それで心がほどけたのか。

8

とりあえずの仕事は、古書店の記事のまとめだけだ。連絡を入れておけば、社に戻らなくてもすむ。

美希は、そのまま中野に向かった。途中で電話をしたから、夕食も一人分、増やしてもらえる。

日は長くなっていたが、実家に着く頃には、すっかり暗くなっていた。母は鍋の用意をして待っていた。

「もう時期はずれだけどね。こういう時は、鍋が一番、便利だね。――明日の朝も、うどんですむし」

父も帰って来て、久しぶりに一緒の夕食になる。

「鴨鍋か」

「つゆはね。――入ってるのは鶏ですよ」

「鴨肉が少しでも入ると、味にこくが出るんだがなあ」

「そう、注文通りには行きませんよ」

父は定年近いが、まだ髪はふさふさしている。ところが、左の眉の上あたりを自分で指さし、

「これを見てくれ」

「どうしたの?」

髪を持ち上げて、下の地肌を見せる。

「円形脱毛だ」

「あら」

「苦労が多いんだ。よく分かるだろう」

慰めてもらいたいらしい。

食後は、美希が駅前で買って来たケーキをつまむ。さて、一段落したところで本題に入る。

「実はね——」

と、ここまで経過を話し、父の前に原稿用紙のコピーを出した。

「最後の二行が切られてるでしょ。後に何が書かれていたか、それが気になるんだけど——」

父は眼鏡をかけ、コピーを手に取る。

「ふむ」

「分かるわけないよねえ」

「いや——」と、父はいった。「分かりきってるぞ」

9

「はあ?」

「はあって、お前、考えるまでもないだろう」

「どういうこと?」

「これは簡略だが、一応、——手紙だ」

「うん?」

「本文があって、署名がある。後に来るのは何だ?」

「え?」

と、美希は語尾を上げ続ける。

「常識で考えてみろ。《手紙の書き方》ぐらい習ったろう」

「そりゃあ……、署名の後は……日付と、最後に、相手の名前だわ」

「そうだろう。消えた一行目は日付、最後の行は蜂川光起様。――どうだ、数が合うだろう」

「そんなの――当たり前じゃない」

「だから正解なんだ」

「でも、――でも、そんな当たり前のところを、どうして破る必要があるの。……ああ、そうか、《誰宛てか》ということを、文字の形で残したくなかった――というの？

――違うと思うなあ」

父は黙っている。

「――手元に残しておいたら、誰に届いた手紙か白状したも同然でしょ。第一、若森先生が、《先生》と書いている時点で、もう相手は蜂川先生と決まりよ」

美希は唇を突き出した。だが、父は動じない。

「お父さんも、そう思う」

「だったら――」

「二引く一は一だ。要するに、蜂川さんは、日付のところを残しておきたくなかったんだ」

意味が分からない。

「何それ？　ばれると都合の悪い日だったたってわけ？　――よりによって、奥様の誕生日だったとか」

父は呆れた顔で、

「随分と、込み入ったことを考えるなあ。もっとシンプルに行け、シンプルに」

「だって――」

父は、すらっといった。

「《四月一日》に決まってるじゃないか」

「――は？」

世界が、がらっと変わったようだ。父は、立ち上がると新刊雑誌を持って来た。

「お前の会社の『別冊文宝』。昨日、本屋で買ったばかりだ」

「ありがとうございます」

「巻末にエッセーが載っていた。それが面白いんで、つい買ってしまった。小島政二郎という作家が、ある人からハガキを貰った。同行している芥川龍之介が足首をくじいた。ついては何々を送ってくれ――という。あわてふためいていると、ことの次第を聞いた吉井勇がニヤリとした。ハガキの出来事が、実際の時間に合わない。そして、最後に大きく《四月一日》と書かれていた」

「はああ……」

「芥川が書かせたようだ――というんだがね、当時の作家達の付き合いが目に浮かんで来る。――お前が今度入った雑誌は、何といったっけ？」

「『小説文宝』」

「それと『別冊文宝』が繋がるのも、面白いじゃないか。ひと昔前に流行ったメディアミックスとかいうやつだ」

「ちょっと違うと思う」

「とにかく、この場合、答えは明白だ。蜂川さんは、貰ったジョークの手紙を、誰かにみせて驚かそうと思った。そうなると、《四月一日》が邪魔だ。そこで、切ったというわけさ」

「だけど――」と、美希は食い下がる。「そんなの、ただの当てずっぽうでしょう。そういわれれば、なるほど――と思う。筋が通る気はする。でも、結局のところ、幾つもある選択肢のひとつじゃない」

「幾つもって、――お前は何か思いついたのか？」

美希は、ぐっと詰まった。

「そりゃ、まだだけど……」

「だろう？　それにな、お父さんがいってることには――確証があるんだ」

10

「……確証？」

こんなことに、絶対的な証拠などあるわけがない。ところが父はいう。

「鍵は、この《瑠璃子》という署名だ」

「えっ？」

あわてて、コピーを見返す。

「自分の名前を書くにしては、位置が高くないか」

「………」

そういわれれば確かにそうだ。しかし、そんなことに何か、意味があるのだろうか。

「一字ひとマス、字の位置がきっちり決まる原稿用紙を使っている。しかも、一行十五字に限っている。つまり、《文字の位置》は動かせないということさ。――このコピー、ちょっと書き込みをしてもいいか」

美希は、こくんと頷いた。

父は、赤のサインペンを取り出すと、斜めに並ぶ、八つの文字を○で囲んでいった。

ええ、そんなこと、わかってるっていったでしょう。先生と私のギャップを埋める必要なんてないのよ。瑠璃子と先生では、何もかも違っている。それでも、いいえ、だからこそ、ふたりこうして結ばれた。ジェラシーなんて、おかしいわ。

瑠璃子

「あ……」

——えいプ璃るふー瑠。

父は、試験の解答について説明でもしているように、赤ペンを揺らし、

「どうだ。これでも、根拠のない当てずっぽうだというのかい」

もう、降参するしかない。父は続けた。

「若森さんというのは、確か、知的なおふざけが好きな人だったろう」

「ええ。そっちの方向に、お茶目な方だったというわ」

「蜂川さんと話している時、四月馬鹿の話になった。英米文学と四月馬鹿――なんてえのでもいい。そういう機会に、自分の原稿用紙を取り出し、咄嗟にこんな戯文を書いた。蜂川さんが笑い、《こりゃよく出来た。わたしが貰っておこう》という。《先生、悪用なさっちゃ駄目ですよ》と若森さん。――まあ、そんなところだろう」

何十年か前のやり取りが、懐かしいことのように浮かぶ。

翌日は、会社に出る前に、例の古書店によった。父の推理を話すと、店主の目が丸くなった。

「なるほど、いわれてみれば……。これは、驚きです」

美希も、素直に同意する。

「わたしも、びっくりしたんです」

「これなら、表に出しても差し支えない。それどころか、若森さんらしい機知が味わえる、味のある一通です。……疑問が解けた上、商売になる。ありがたい限りです」

頭を下げられ、美希の鼻も高くなった。

11

このことを雑誌に書いてもいいという許可を貰い、早速、丸山に話した。

うんうんと頷いていた丸山は、説得力のあるコピーを見て手を拍《う》った。

「こりゃあいい。四月売りの号にぴったりだ。まだ、目次も広告も間に合うぞっ。手紙特集の、呼び物のひとつになる。――ふふ、《驚きの新発見。若森瑠璃子、秘められた愛の手紙――か？》」

美希は、ちょっと引き、

「あとは野となれ山となれ、ですね」

丸山は、とんでもないという顔になり、

「《か？》というのがくせ者さ。本当のところは、読めば分かる。――いいか、《ちょっといい話》に仕上げてくれよ」

鼻をうごめかす丸山に、販売部数増加の野心はあるようだ。

鏡の世界

1

そこまでは、よかったのだ。ユーミンの『守ってあげたい』や、レディー・ガガの『BORN THIS WAY』が出ているうちは。

今日は珍しく部署をまたがり十人ほどで、カラオケに来ていた。女性誌が読書特集をやり、文芸各誌も協力した。それが校了になったところで、お世話になった皆々様に、

「カラオケ、行きませんか」

と、声がかかった。

田川美希たちの『小説文宝』には、カラオケ好きがいない。編集長の丸山を始め、男性陣はまず行かない。応じたのは、先輩の百合原ゆかりと美希だけだ。

営業の部員も来た。ねっとりした梅雨の空気を吹き飛ばしたいという、欲求があったのかも知れない。

そんなわけで大人数。おかげで店に着いてから、

——彼も来てるの!?

ということにもなった。ゆかりにとっての《あの人》だ。口には出さない。だが、離れて座る。

その男の番になった。ゆかりは全身に湿気を浴びたような表情だ。

声と共に、ゆかりの顔色が変わった。マイクを握った彼は、情感をこめて歌い続ける。

——別れても、好きな人ー。

と。

普段は物に動じない——というか、どこかとぼけたゆかりである。だが、この時は《ずん》とばかりに、肘で突いて来た。とはいっても肘は届かない、歌っている男にまでは。突かれたのは、隣の美希だ。

「いてっ！」

と、女子らしからぬ体育会系の叫びをあげる。あえぐ美希に、ゆかりがぐっと顔を寄せ、

「——出ましょ」

「………」

返事も待たず五千円札を出す。そのまま腰を浮かしかけたところで、札を睨む。そして今度は千円札を取り出し、数え始める。

五千円出すのも、腹が立つらしい。残る人に、四枚渡し、

「これ、田川ちゃんとわたしの分」

「あ、どうもすみませーん」

と美希。

「用事があるんで、行くわね」

美希は、先輩のカーディガンの白い背中を追う。

外に出ても、ゆかりの憤激の色は変わらない。手を突き出し、

「絞《し》めてやりたい」

「はあ」

美希は日盛りの犬が舌を出したように答える。だが時は夜、雨さえぱらついている。じめじめと暑い、嫌な季節だ。ゆかりは冷房対策のカーディガンを脱ぎ、いかにも編者らしい大きなバッグにしまう。下はネイビーのワンピースだ。美希もジャケットを脱いで手に持った。こちらの下は黒のチュニック。

傘をささずに歩ける程度の降りだが、店の前に雨宿りのような形で、話を続ける。

ゆかりは、マイク男の名をあげ、

「あの人とわたしのこと、知ってるでしょ？」

「う。……何というか、聞いていなくもないといえないでもない……」

ゆかりとその男は、付き合っていたという噂である。別に社内報で告知されたわけではない。しかし、こういうことはいつの間にか伝わるものだ。

「でもね、もう完全に、何でもないのよ」

「なるほど」

　謎でも解けたような、おかしな受け方になってしまった。

「――ていうか、はっきりいって、あっちの方から逃げて行ったのよ」

「さようで」

　何だか怒られているようだ。

「なのに何だって、皆《みん》なの前であんな歌、歌われなくちゃならないのよ。――歌うのよ」

「まあ。お酒が入って――魔がさしたんでしょうねえ」

「歌いながら、こっち見てたわよ」

「……ひょっとしたら、サービスのつもりかも知れません」

「何それ？」

「つまりその、百合原さんが素晴らしい。すて……」捨てたといいかけ、「すて……きな人だ。惜しいことをした。別れた俺が馬鹿だった。そんなメッセージというか……」

　ゆかりは、ぐっと美希の手首をつかんで来る。意外と握力がある。美希はまたも、

「いててっ」

「こっちはもう、消えてなくなってほしいのよっ」

「女はそう思いますよ。でもねえ――男は、変な妄想、抱くようですよ」

　この間、別なところで戯曲の話題になった。巨匠イプセンに『ペール・ギュント』と

いう作品がある。身勝手なペールは、若い娘を捨てて、各地を放浪する。ほかの女に手も出す。あれやこれやの冒険をやり尽くし、老人となって故郷に帰る。すでによぼよぼ。ところが、純情な娘ソルヴェーグは、時を越え、老婆になってもなお、ひたすら彼を待っていたのでありました。めでたしめでたし——というのだ。

——けなげである。一途である。女とはそういうものだ。

と昔の人は思ったらしい。そんなことを聞いたばかりだ。

文芸漫談ではあったが、これを今のゆかりに伝えたら、怒髪天をつく——とはどういうことか、辞書より手早く見せてくれるだろう。

「悪気じゃない、っていうの」

「まあ。悪気というより平気。とことん無神経なだけでしょうね」

「気は確かかっ！」

「確かじゃないみたいですよー、——男って」

ゆかりは肩を揺らし、

「あんなところに、いられるわけないでしょっ。緊急避難」

「正しい反応だと思います」

「飲み直しよっ」

「それもまた、正しいですねえ」

「どこかに、いい店ない？　気分の替わるような」

「えーと、……それではですね、オイスター・バーなどいかがでしょう。ちょっぴりお高いですけど、その分、気分直しには持って来い」

「うん？」

と、ゆかりは首をかしげる。

「牡蠣が苦手でなかったら、おすすめですよ。ニューヨークに本店があります。今は、東京でも行ける世界の名店」

「行ったことあるの？」

「プライベートで行っております」

ゆかりは、バッグを振るように動かし、

「そうか。よしっ、案内してっ！」

2

店は、丸の内と品川にある。電話してみると、丸の内の方は混んでいて無理だという。車で品川に向かう。

「そちらは、駅の構内にあります」

と、美希が説明する。

「ほう」

「本店はニューヨークの駅にあります。だから、より《感じ》かも知れません」

「くわしいねえ」

タクシーが進む間、牡蠣の話になる。ゆかりがいう。

「昔は、牡蠣の食べられる季節は限られる——っていったでしょう」

「そうですねえ」

「でも、オイスター・バーって一年中、やってるよね」

「種類によっても違うんでしょう。それに、空輸だってしてます。オーストラリアなんか、こっちと季節は反対でしょう」

どこでどんな牡蠣を食べた——などといって盛り上がっていると、ご高齢の運転手さんが、

「——今から、牡蠣を取りに海に潜ります。頭を下げて下さい」

何かと思ったら、山手線《やまのてせん》やら何やらの下をくぐるのだろう、長い長い半地下の通路に入った。天井がやたらに低い。なるほど、首をすくめたくなる。

——洒落た運転手さんだな。

と、美希は思った。若い者にはいえない台詞だ。

そこで、くすりと笑ったせいもあるのだろう。オイスター・バーの椅子に座った頃には、ゆかりの憤激もおさまっていた。いつもの顔に戻っている。

かなり混んでいた。お客の会話の響きが、わっと耳に入る。

とりあえず、牡蠣の盛り合わせを頼んだ。スパークリングワインを注がれたところで、

「ブランド主義じゃないでしょう？」

と、ゆかりに聞かれた。

「はい？　わたくしなら、ラベルより中身のタイプですが」

何はともあれ、乾杯をする。

「《ニューヨークに本店が……》って、いつもの田川ちゃんらしくないと思ったのよ」

「よくぞ聞いてくださいました。わけがあるんです。話せば長ーいわけが」

「へええ」

「わたし、最初に配属されたのが女性誌でした」

「知ってる」

「基本、ファッション担当でした。で、毎月の特集ごとに、別の仕事もする。映画特集、旅特集――」

「猫特集、にゃん」

「はい。――犬特集もあります。メインの他にも第二特集、第三特集がある。だから、どこかの特集班に入る。――三号に一号ぐらいの割合で、そこから抜けてフリーになるわけです」

「ふむふむ」

「単発の企画は、普通、フリーの者が担当します」

「まあ、そうだろうね」

牡蠣の大皿がやって来る。

ひと口に雑誌といっても、女性誌と文芸誌では岩牡蠣と次郎柿のように違う。――というと別物になり過ぎるが、まあ要するにシステムが違う。

美希は、牡蠣の身を剝がしつつ、

「ところがですね」と、あるハリウッド女優の名をあげた。「ご存じですか?」

「勿論、――有名じゃん」

「香水のコマーシャルに出てました」

「そうそう」

「彼女、しばらく、出産子育てで休んでいたんです。わたしがあちらにいた頃、再登場しました。仕事再開が、かれこれ五年前」

「それが、牡蠣に繫がるの?」

「はいはい」

「不思議な話ね」

ゆかりは、アメリカはオイスターベイで育った身を口に運びつつ、

「『不思議の国のアリス』にも、牡蠣が出て来たわよね」

「ぞろぞろ出て来るけど、みんな食べられちゃうんですよね」

「あちらの人って魚の生は嫌うくせに、牡蠣は大好物なんだよね」

「理不尽ですねえ」

ゆかりはぞくりと肩を揺らし、

「世の中、理不尽なことばっかりよ」

といいながら、カーディガンを出して羽織る。美希もジャケットを着ている。

夏は、こういう調節が面倒だ。

3

「で、その女優がどうかしたの？」

「彼女をイメージキャラクターにした会社が、うちのビッグクライアントだったんです。広告記事の依頼をしてくれました。彼女に、あれこれインタビューして雑誌に載せる。最後にさりげなく、広告が入る」

「うん」

「彼女は、——ニューヨークに住んでました」

「おお、先が見えて来たぞ」

「誰かが、アメリカまで出掛けて行くことになる。普通なら、フリーの人が行くんです。だけど、相手が映画女優。その号の特集が、丁度、映画だった。そこに組み込んじゃった方が、記事の並びが、より自然です。そんなわけで、特集班にいたわたしに白羽の矢が立った。入社二年目でした」

「田川ちゃんがまだ、可愛かった頃だねえ」

美希は、眼をぱちぱちさせて見せ、

「今でも可愛いですよ」

「口は便利だ」

話を元に戻す。

「ニューヨークに三泊して、街の取材もします。せっかくアメリカまで行くんだから、――ロサンゼルスにも回る。無駄なく使われます」

「銀座に行ったついでに新橋、みたいなもんだねえ」

「その、果てしなくスケールの大きいやつですね。ロスでは、話題の映画のロケ地を押さえて来る。カメラマンとわたしの二人連れでした。――カメラさんは、わたしより五つぐらい上。大ベテランでもないのに、包容力のある人でした。ニューヨークの街を撮ってる間に、こちらがピンと来る帽子を見つけて、《すみませーん。ちょっと、あれ買って来ていいですか》」

「おやおや」

「後に心を残したくないタイプなんですよ。幸い、そんなこともいい出せる感じの人だった。そうすると、《買っておいで、買っておいで》と二つ返事でオッケー。《この人と一緒でよかったー》と思いました」

ゆかりは、広島は大黒神島《おおくろかみしま》産のぷりぷりした白い身を口に運びつつ、

「向こうは、どう思ったかな」

「さあ、どうでしょう」

と受け、美希は話を進める。

「——さて、スターに会う前日、クライアントさんの現地代表と夕食——という運びになってました」

ゆかりは頷き、ワインを飲み、

「いよいよ、牡蠣になるわけだ」

「そうなんですよ。行く場所が、かの有名なオイスター・バー。何といいますか、わたしめが《いざっ》という気分になっても仕方ないでしょ？」

「まあねえ」

「中に入りました。こんな感じの」

と美希は上を見る。ドーム型の天井が広がっている。

「——店でしたよ、まさに。そうしたところが、料理の注文になったところで、カメラさんがいうんです……」

美希が間を取る。

「何て？」

「《ここは世界でも指折りの店だ。万が一にも、間違いはないだろう。しかし牡蠣は当

たると大変なことになる。スターさんの撮影は、明日だ》。にっこり笑って、《カメラの仕事で来ている以上、僕はここで、牡蠣を頼むことは出来ないんだよ》」

「ひぇー」

「関係ないところで聞いたら、《おお、さすがのプロ意識》と心を打たれます。だけど、複雑ですよ。わたしはもう、心では半分、名代《なだい》の牡蠣をくわえてました。そこにこれです。――撮影するのはカメラさん。でも、インタビューは誰がする？　泣く泣く、《わ、わたしもグリル料理にいたします》」

「あはは。――田川ちゃん、顔が眼に見えるよ」

「帽子は買えましたけど、結局、心を残すアメリカ取材でした」

「そういうわけなんだあ」

「そうですよ。だから日本支店が出来た時には、《よしっ》とこぶしを握りました。テーブルクロスまで、あちらと同じらしい。ニューヨークの仇を東京で討てる。早速、友達を誘って、猛然とやって来たわけです。それ以来、何度か来ています」

4

美希は、ワシントン州の牡蠣クマモトを口に運ぶ。どうしてアメリカでクマモトなのかは分からない。

「隣の客は、よく牡蠣食う客だ」と、ゆかりがいい、「何はともあれ、田川ちゃんの《食い物の恨み》のおかげで、いいとこに来られたよ。――うん、おいしいねえ」

「そういっていただければ、有り難いです」

「で、インタビューの方はどうなったの」

「うまく行きましたよ。――《我こそはハリウッドの人気女優》なんて、お高さのない、気さくな人でした」

「香水のことをからめつつ、幾つか聞いたわけだ」

「《あなたにとってニューヨークとは？》なんて、ありきたりの質問を重ねました。ヒヤリングに自信のないところもありましたけど、そこは録音がありますから――。はい、問題は全くなかったんです。――インタビューの方は」

「方は？」

「ええ……。サラダでも頼みましょう」

と、また気を持たせる美希である。

「生ハムも」とゆかりが追加し、「じゃあ、――写真がどうかしたの？」

「そこなんですよ。出来上がって来た写真は、どれもよく撮れてました。載せるインタビューカットは一枚でいいんです。チェック用に十枚選んで送りました。そうしたら――」

「まさかのNG？」

「そうなんですよ。十枚とも」

「そりゃあショックだねえ。撮り直しなんか出来ないよねえ」

「勿論です。スケジュールだって取れないし、取れたところで予算がない。もう一回アメリカ、なんてわけにいかない」

「おお、ピンチ！　今だから笑ってられるけど——」

「笑ってないですよ」

シーザーサラダを分けつつ、美希は、

「そういえば、前に『ジュリアス・シーザー』の映画、ご一緒しましたね」

「そうだそうだ」

「シーザーに縁があるんですかね」パリパリと食べつつ、「——とにかく、《使えない》となった時には、頭真っ白ですよ。まだ二年目でしたしねえ」

ゆかりが頷き、

「可哀想にねえ。——あと三十年ぐらい経ったら、また真っ白になるよ」

「それは経年劣化です」

と、サラダの中のクルトンを嚙む。騒がしい店内だ。ゆかりが身を乗り出し、

「——で、それからどうなったの？」

「当然のことながら、カメラさんに相談しました。《ほう》なんていってる。あわてない。すぐ、次の手を考えてくれました」

「ふむ」

「別の写真に、数点NG中の《やっぱりいいよ》というのも混ぜて十枚。それを何と、──反転画像にして送ったんです」

「裏焼き？」

「そうです。考えもしませんでした。どうなることかと、半信半疑でしたよ。《馬鹿にするな》と怒られるんじゃないか──と心配しました」

「そうしたら？」

「忘れもしません。──十点中三点オッケーだったんです」

「ふーん」

「びっくりでした。こんなやり方があるのかと思いました。カメラさんに聞いたら、《エージェントの文句だったかも知れないけど、本人のチェックなら、──鏡の問題かもね》って」

「鏡？」

「はい。《女優さんはしばらく仕事から遠ざかっていた。自分の最新の姿は、映像で見てない。鏡の顔に慣れている。だから、反転の方が、抵抗なかったのかもね》って」

「おお、論理だ！」

理屈だ、といわないところに敬意がある。

「真相は分かりませんよ。単純に《流れとして一度は断っておこう、二度目だからハードル下げよう》ってことかも知れない。だけど、わたし、感心しちゃいました。――プロっていうか、その道の人でなかったら、気がつかないことだと思いました」

盛り合わせに漏れていた牡蠣も、幾つかオーダーした。牡蠣フライも食べた。ゆかりは、ぽんぽんお腹を叩き、

「いやあ、田川ちゃんのおかげで堪能したよ」

「こういうのって、ある時、猛烈に食べたくなりますからね」

「突然炎のごとく――か。ま、しばらくは大丈夫だよ、さすがに」

ゆかりは満足げに立ち上がる。嫌な気分は消えたようだ。

遅い時間になっても、まだまだお店は混んでいる。帰りがけ、戸口のところで開いたドアを見ると、青や緑、赤、紫などで大きな文字が書かれている。ゆかりが、

「ん。《R―E―T―Z―Y―O》――。《劣情》か？」

美希が手を振り、

「これ今、裏から見た形なんですよ。開いたままにしてある。逆だから《Z》みたいだけど、《S》なんです。向こうから読めば――《OYSTER》」

「ああ、《オイスター》か」

鏡は時に、思いがけない悪戯をする。

5

『小説文宝』に移って数カ月、仕事にも慣れて来た。

作家さんとのやり取りだけではない。グラビアページも受け持つことになった。前任者が担当していたのだ。美希は以前、女性誌にいた。写真の扱いに慣れている。すんなり引き継げた。

さて、来月号のグラビアでは、新発見資料の特集をする。加賀山京介《かがやまきょうすけ》といえば、亡くなって十年以上経つのに、まだ熱心な読者のいる作家だ。

小説やエッセーだけでなく、軽井沢の植物をスケッチした画集も、数冊出していた。瀟洒《しょうしゃ》な味わいのある、独特のタッチ。迷いのない線、落ち着いた色使いが好まれていた。

その加賀山の、未発表の画帳が出て来た。成城の本宅にあった。軽井沢の別荘は、死後、整理され人手に渡っていた。東京に仕事を持っているお子さんが、生活の場を本宅に絞ったのである。

その方が、昨年、退職を機に、置いてあった雑物の整理を始めた。すると、問題の一冊が出て来た。主に植物、静物が描かれているのだが、それらが単体としてではなく、詩的にコラージュされていた。加賀山作品の底にある幻想性を視覚化したもののようで面白い。

縁のある文宝出版に電話があり、古参の編集部員が出掛けて行った。ひと目見て《これは、価値ある新発見だ》と驚き、グラビアで発表させていただくことになった。

前号の校了明け、成城のお宅にお邪魔した。美希とカメラマンと二人である。

相手が大物ハリウッド女優なら身構える。しかし、いかに貴重であろうと、撮影対象は紙だ。いわゆる《物撮《ぶつど》り》ということになる。しゃべりもせず、動きもしない。画像的には、ただ撮って来ればいい——という、比較的、楽な仕事だ。同行したのも、若手のカメラマンだった。

通されたのは和風の応接間だった。大きな和机でお茶をいただく。片付けた後、その机の上に布が敷かれ、画帳が置かれた。カメラは固定され、加賀山ジュニアが向かい合って座る。そして、表紙から順にページをめくって行った。次々と、シャッターが鳴る。

「ありがとうございました」

頭を下げて帰って来た。

次の号に載るのだが、早めにうかがったから、スケジュール的に余裕がある。画像もカメラマンから、すぐに届いた。CD-ROMのデータとベタだ。

カメラといえばフィルムだった時代、どの写真を使うか検討するためネガをそのまま焼いたものを、ベタと呼んだ。デジタルになった今でも言葉は残っている。見本用に、一枚に何画面か小さく刷り出したものを、やはりベタといっているのだ。

画帳の表紙から始まり、画像は二十三枚あった。裏表紙も一応撮りはしたが無地なので、対象外だ。

これがスポーツ誌で野球やサッカーの試合となると、送られて来る画像は百枚、いや何百枚ということになる。その中から誌面を飾るカットを選ぶわけだ。

今回は選択の必要がない。そのまま使う。編集長丸山は、《一枚一枚が小さくなっても、流れが分かるよう、全て載せる》という方針だった。

無論、説明が必要なのだが、あいにく無地の表紙にも、花が散らし描きされているだけだ。何年とも何月とも記されていない。開いて見ても、あるのは絵だけ。文字情報がない。加賀山作品に詳しい評論家に刷り出したものを送り、年代の推定を頼み、また簡単なコメントも貰うことになっていた。

評論家には、実物通りのカラーで送る。サイズも大きくA4にしてプリントアウトする。ところが『小説文宝』には白黒のプリンターしかない。文芸誌だから普通はそれですむ。だが時に、今回のようなこともある。

昔いた女性誌に顔を出し、

「すみません。カラープリンター貸して下さい」

と頼んだ。

次々と加賀山の絵が出力される。大きな画面になると迫力が違う。

――これなんか、いいな……。

と、一枚を見る。加賀山らしい丁寧なタッチで描かれている。

夜の書斎だ。古めかしい机の上に、厚い魚類図鑑が置かれている。西洋の古書めいている。革の装丁らしい。右手には、ひょろりと丈の高い植物の植えられた鉢。その茎だけが長く伸び、先端から葉が、掌を伏せたように、指の一本一本を広げている。見ての印象は、小さな、瘦せた、ヤシの木のようでもある。葉の頂きに向かって、図鑑のページから魚が浮かび出し、上へ向かう静かな流れを作っている。淡い色彩が好ましい。

魚たちが目指す、植物の名は何というのだろう。美希には分からない。

――花は咲くのかな。

まだつぼみすら見せない、その花を探しているのかも知れない。

この数ページの文章の配置、写真の説明が美希の役目だ。土日、中野の実家に帰るつもりだ。

――その時、あれこれ考えて来よう。

と思った。

6

「いらないといえばいらないが、そんなに――法外な値がついているのか？」

と、父がいう。美希は頷き、書棚の一冊を抜き出す。

勝手知ったる実家である。父の書庫のどこに何があるか分かっている。

「うん、驚いちゃった」

仕事の関係で、見ておきたい本があったのだ。古書の値段を当たると、かなりのものになる。無論、図書館に頼るという手もあったが、しばらく手元に置いておきたい資料だった。

そこで、思い出す。

——これ、お父さん、持ってたよ！

確かに、その背表紙を見たことがある。電話して確かめたら、ビンゴだった。実家はすぐに行ける中野である。そちらに向かうのは、理の当然だった。

「高くなっていると聞くと、儲かったような気にもなる」

「そうでしょ」

「しかし、そうと分かった途端に——持って行かれるんだからな」

と、未練な顔をする父だ。もう六十近く、頬や顎の下あたりに余分な肉がついて来た。昔はスリムだったというが、時の流れには勝てない。

「いいじゃないの。どうせ、毎日必要ってものじゃないでしょ」

「それはそうだけど、なくなると落ち着かない。用がすんだら、返してくれよ」

「結構、時間かかるかも。連載、始まったばっかりの小説の資料だから」

「そうかあ……」

と、子猫を連れて行かれる親猫のような声を出す。

「返さなかったら、ま、生前贈与ということで」

「おいおい」

「長生きすると分かってるから、いえるんじゃない。いつまでも元気でいてね」

「うーん」

美希は早速、本をバッグに入れてしまう。わざわざ取りに来たものを、置いて戻ったのでは馬鹿馬鹿しい。

二人で、茶の間に行く。父は台所の母に声をかける。

「やれやれ、お父さんに会いたくて帰って来たんじゃないんだよ」

《子供みたいなこと、いってる》という返事が返ってきた。母は、夕食の支度をしてくれている。

美希は茶をいれ、

「お父さんの本に会いたかったんだから、お父さんに会いたいのと一緒じゃない」

「そうなるか？」

「そうよ、ねえ」

と、いいながら母の方に、ちょこんと舌を出す。

網戸から入って来る風が涼しい。夕食は焼き肉を食べた。カルビとロースだ。

アルミ缶のビールを父のコップに注いでやる。美希は、缶を見て、

「ビール、替えたのかな？」

「うん。少し前から、ノンカロリーとか糖質ゼロとか、そんなのにしたんだ」

といいながら、左手で肉のついた脇腹を撫でる。

「そんなことしたって、——肉食べて、つまみにチーズやナッツなら、同じじゃない」

父は肩をすくめ、

「まあ、理屈はそうだがなあ。何事も気は心だ」

7

茶碗や皿を運び、洗おうとすると、母に、

「毎日いるわけじゃないんだから、話でもしてやったら」

といわれた。話はともかく、くつろげるのは有り難い。親子らしい気安さで甘えることにした。

くつろぎつつも仕事をしようと、大封筒を持って来る。中身は、加賀山の絵の画像だ。

父に、

——今こんなこと、やってるんだよ。

と、見せてやりたい気もあった。加賀山京介なら、父の世代がよく知っている作家なのだ。

食器が片付けられ、広くなった食卓の上に、念のため、新聞紙を広げ、その上に写真を並べ出す。A４の紙は一度に全部、広げられない。何枚か置き、見返してはイメージを固める。

「――何だ、それは？」

案の定、父が食いついて来る。自分が描いた訳でもないのに自慢げに説明する。まだ誰も知らない画帳なのだ。

「加賀山か、そういえば絵も描いていたなあ」

「小説も書けば、絵も描く」

「武者小路実篤のカボチャやキュウリの絵は、昔、カレンダーになっていたぞ。中学生の頃、うちに掛かってた」

今は、その武者小路自体、知る人が少なくなってしまった。

「多才の人はいるわけね」

「うん。トルストイなんか作曲もしてるぞ」

「へえ」

これは意外だ。『戦争と平和』の、あの人が――。

「CD持ってる」

「本当？」

思わず、口を開けた。

「ああ。『トルストイのワルツ』とかいったな。――もっとも、トルストイ先生のは最初の一曲。短いやつだけだ。後はパステルナークのソナタとか――」

「パステルナークって、『ドクトル・ジバゴ』でノーベル賞――とかいう人だっけ」

「うん」

「変わったもの、持ってるのね」

呆れたように首をかしげると、

「おいおい、今日はお父さんが物持ちがいいから、助かったんだろ。もっと尊敬の念をこめていってもらいたいな」

父はぼやきつつ、食卓の写真に目をやる。しばらくして妙なことをいい出した。

「これ、撮る時、お前も一緒に行ったのか」

「そりゃそうよ、担当だもの」

「すると、加賀山の息子さんが出て来て、画帳を広げたわけだ」

「うん」

「画帳を挟んで、カメラマンと息子さんが向かい合ったわけだ。今のミコとお父さんみたいに」

ミコというのは、父が美希を呼ぶときのいい方だ。美希と父は向かい合っている。

「そうだよ」

「ふーむ」

父は、何事かを考えている。

「いや、ミコが見てるその写真、――裏焼きじゃないかと思ってね」

「どうかしたの？」

8

美希は眉を上げ、

「時代が違うのよ。今の写真ってフィルムじゃないの。――だから引っ繰り返して焼くミスなんて、ないのよ」

「いやいや。いくら何でも、フィルムじゃないのは、お父さんだって知ってる。学校でも、画像データぐらい見るからな」

父は、定年間際の高校教師だ。

「だったら分かるでしょ、これ、来たそのまま印刷したのよ」

父は頷き、

「お前はそうしたろう。だから――データ自体、逆だったんじゃないかな」

突拍子もない言葉だった。部外者の父親が、なぜそんなことをいい出すのか。

――元の絵を見てもいないのに。

あっけに取られている美希の前に、父は指を伸ばし、写真の一枚を指した。

「これ」

「え？」

美希の気に入っていたカットだ。

「――この破れ傘の……」

不思議な言葉が出て来た。

「はあ？」

父は問い返されたことが意外だというように、

「この鉢の、――破れ傘だろう」

どうやら、植物の名らしい。ヤブレガサ。

「これって、そういうの？」

「うん。確か茶花にもなっていたと思う。――《わびさび》だ」

ひょろりとした茎の上の裂けた葉。そういわれれば、ぼろぼろになった傘のようでもある。わびしいといわれれば、確かにわびしい。

「なーるほど」

と、感心していると、

「この絵に、引っ掛かるところはないか？」

あらためて睨んだが、別におかしくはない。

「……傘が変なの？」

「いや、そこはいい。問題は図鑑だ」

「……?」

首をひねる美希に、父はいう。

「例外は無論あるよ。だけどね、魚類の図鑑って、たいてい魚が――左頭になってないか?」

「あ……」

そういわれればそうだ。ところが図鑑の上の魚も浮いてページから抜け出そうとしている魚も、右へ右へと向かっている。

魚の頭が、右を向いているのだ。

「だから、見た瞬間に抵抗がある」

いい切られて、美希はたじろぐ。

「抵抗、なかった……」

父はわざとらしく顎を撫でつつ、

「まあ、絵の幻想性に目をくらまされたんだろう」

「そういうこと……かな」

「そうしておけばいいさ」

注意力散漫とはいわれない。

「でも、これデジタルのデータだよ。仮に逆だとして――何で裏返ったんだろう」

故意にやらない限り、そんなことは起こらない。あのハリウッド女優の写真のように。

「だからさっき、撮影した時の位置関係を聞いたんだ。カメラマンさんと加賀山さんのね」

「は？」

「まあ、ちょっとした推理というか——憶測だがね。差し向かいだ。あっちの人が絵を見ながら、ページをめくってくれたんだろう？　だとしたら普通、カメラを覗いた画面は、上下——逆になってる筈だ」

いわれてみればその通りである。父の言葉は続く。

「——だからカメラマンさんはお前に渡す時、データをふと《上下反転》してよこしたんじゃないか」

「あ……」

「——上下にしろ左右にしろ《反転》したら、画像全体が逆になる。そのまま逆さにはならない。人間のやることだ。うっかりすることは誰にでもある。少なくとも、正しい位置になっていて、そのまま渡すのに比べたら、ミスの起こる可能性が、より高くないか？」

「確かに……」

——そこまで読むか。

と思いつつ、妙に納得してしまった。そこで美希は、ハリウッド女優の一件を話した。反転画像の鏡の微笑み。現実にはないそれが誌面を飾った。あの場合は、それでよかった。今度の逆さは、よろしくない。

面白そうに聞いていた父が、

「そういえば、テレビで、こんな話をしていた。――フランス人が昔、いった。《日本には、どうして左利きが多いのか》って」

「へ？」

「それがさ、コミックのことなんだ。日本のコミックとあちらのでは、コマの運びが逆なんだ」

横書きの洋書は、左に開いて行く。これは美希にも、体験として分かっていた。

「そうね。……いつだったか、『失われた時を求めて』のコミック版が出たのよ。あちらのもの。話題になったし、興味があったから買ったけど……確かに日本と逆だった」

「そういうわけだ。――で、《左利き》の話に戻る。まだまだ、あちらで日本の漫画の《運び》に違和感のあった頃、海賊版の業者が、《分かりやすいように》――と、裏焼きして出したんだって」

「はあ……」

「そうすれば読者が読みやすい。親切心というより《売りやすい》――ってわけだ。つまり、画が逆になっていた」

「それで、日本人は《左利き》か。――合点ですねえ」

裏焼きから、思いがけない解釈が生まれることもあるわけだ。

「勿論、今はもう、そんなことはないそうだ。コミックは週刊誌の海外版まで、ちゃんとしたものが出てる。作品の《正しい形》で伝えられている——って話だ」

「ふうん」

裏焼き——ということひとつをめぐっても、あれこれの物語が生まれ得る。加賀山の絵の写真が逆かどうかは、確認しなければ分からない。しかし、ミスだとしたら、美希自身、ちょっとした悲劇の登場人物になってしまうところだった。

そこで、父が立ち上がり、『トルストイのワルツ』のCDを探し出して来た。古めかしいプレーヤーでかける。

ロシアの髭の老大家を思わせる、壮大な曲ではなかった。違った表情を見せる、小娘のような小品だった。

雨でもなく、それでいて珍しく蒸し暑くもない夜だった。涼やかな風の入って来る茶の間に、可憐な調べが流れた。

9

確認すると、父のいう通りだと分かった。雑誌には、正しい画像を載せることが出来た。

女優の件は虚が実になる話だ。加賀山の絵では実を虚にしないですんだ。

同じようでもやはり、鏡のあちらとこちらの姿は違う。何が正解で、何が不正解か、ことは複雑だ。美希は、ふと、

――別れても好きな人。

とつぶやきつつ、思った。

――男と女の気持ちも、そんなものかも知れないな。

と。

闇の吉原

1

《小説誌の編集者》といっても、小説についてのやり取りだけではすまない。担当している作家と誰かが対談する時など、そのまとめもする。

十一月号の特集が《歌謡曲》。昨今は何度目かの落語ブームらしいが、落語家さんの中にも歌うのが好きな人がいる。ファンもよく知っていて、高座で扇子をマイクの形に持ち、中腰になると、手拍子が湧き起こる。口には出さずとも、

——うーた、うーた！

という催促だ。

そういう切り口も変わっていて面白いだろう——と、出た企画が『歌う落語家に聞く』。

落語好きのミステリ作家小池《こいけ》先生と、歌謡曲好きの若手落語家さんとの対談だ。お二人と雑誌の都合を擦り合わせ、九月の終わりに会うことになった。

落語家さんは、実力も十分、かつ端正な顔立ちにスリムな姿で追っかけも多い。古典

落語を真っすぐに演じる一方、冒険をいとわず、時には台詞に歌謡曲を取り入れミュージカル仕立てにもする。

　ただの馬鹿馬鹿しさではない。抜群の切れ味がある。それが伝わるから、ひっぱりだこの人気者だ。スケジュール的に一番きついのは、この人になる。夕方から浅草の会に出るという日の昼、食事を兼ねての対談となった。場所は由緒ある鰻屋。

　田川美希は、小池先生と松屋デパートで落ち合った。書籍コーナーで待ち合わせ、そこから歩きだす。

「浅草の松屋は古いからね。天井が違うだろう？」

と、いわれた。

「は？」

「低いんだよ。昔のデパートだからな。戦後日本人の身長の伸びを、この低さが逆に示している。うーむ、今となれば、これもひとつの味だ」

　きらきらと明るい外に出る。まだ十二時前だ。秋らしい風が吹くようになったが、真昼時はまだ、日差しが暑い。

　小池先生は、機嫌よく、

「いやあ、これぐらいがいいよ。照ってもらった方が、鰻を食おうという気分になる」

　浅草の通りを歩くと、あちらにもこちらにも外国人の姿が見える。客待ちをしている人力車もいて、いかにも観光地らしい。

「岩にもたれーた、ものすごい人は――」

突然、耳元で、わけの分からない歌が始まった。小池先生だ。

「何ですか、それ？」

「浅草オペラ華やかなりし頃の、大流行歌だ。――『ディアボロの歌』」

「分かりません」

「僕だって、じかに聞いちゃあいない。それでも、何かで耳にした」

六十代の先生も、リアルには知らないようだ。

「はあ……」

「――轟くその名は、ディアボロ、ディアボロ、ディアボロ」

囁くように歌い続ける。一人なら、ボロボロいうおかしな人だ。しかし、二人いれば会話になる。

「それが、先生のお好きな歌ですか」

「『ディアボロ』は古過ぎるな」

「じゃあ、どのあたり？」

「うーん。とっさに浮かばんが、《流行歌》という言葉を使った名台詞なら、すぐ出て来る」

「はあ」

「《俺は虹のように追いかけた。任侠の道も野心も捨て、このペテン師の女と旅から旅へ、流行歌のように流れてみたい衝動にかられた》」

「……」

「どうだ」

「何ですか」

「鈴木清順の名作『関東無宿』の一節だ」

「映画ですか」

「うん。小林旭《こばやしあきら》のモノローグだ。当たり前でない言葉が妙に似合う。この役者でないといえない台詞だろうな。そういうところが、文章とは違う。――大学時代、先輩が、何かというと、口にしていた。おかげで覚えてしまった。――時代の色と浮雲のような人生が、《流行歌のように》というところに出る。これは歌謡曲、どんなに流行ってもフォークやポップスじゃあ駄目だ。これしかないという比喩だな」

短い影を踏んで、鰻屋の前に来る。

「うーむ。伝統ある店構えだ」

エレベーターで三階に行く。

「このエレベーターも、江戸時代からあるに違いない」

受けように困る美希である。

通された部屋は窓が広く、目の前に隅田の大きな流れが光っている。

「こりゃあいい、墨水眼前にあり――だ」

「はあ？」

「隅田川を、昔は墨水ともいった」

「さようですか」

位置が高いので、気持ちのいい眺めだ。まずは景色がご馳走である。

大分、早く着いてしまった。ライターさんが来て、レコーダーを出す。昔はこういう時、速記者がついたが、近頃では、ライターさんがメモを取りながら録音し、後で文字にする。最後にまとめるのが美希だ。

お茶を出してもらい、《花火の時は、特等席ですよ》などという話を聞いているうちに、落語家さんが来た。シャツにズボン。道ですれ違えば、普通のイケメン兄さんだ。

「どうも、後になりまして、申し訳ございません」

「お飲み物は？」

「あ、……ウーロン茶で」

というのは《昼だから》というより、昨日の打ち上げで、大分、お酒が入り過ぎたからか。——前日にも独演会があったのだ。若手でも、そういう会場を満席に出来る人だった。しかし、疲れた様子は見せない。

折り目正しくお辞儀をして、席に着いた。

2

先付や小鉢、酢の物が出る。

落語ブームのこと、歌うのが好きな落語家さん達の話、あの歌この歌の思い出、歌にまつわる失敗談など、――次から次へと話が出て来る。

鰻重になったところで、落語家さんが、

「自分が知らない頃の歌でも、歌うと前の世代の方とぐっと近づきます――距離がね。そこらが、何ともいえません」

といって、にっこり笑った。

その辺で対談は終わりとなった。まだ時間に余裕があったから雑談になる。こうなってから、面白い話が出るのもよくあることだ。

「時によっては歌も入れますが、――型として俳句が入っている噺《はなし》もあります」

と、落語家さん。

「うん」

「大きな噺で『文七元結《ぶんしちもつとい》』」

小池先生が美希に向かって、筋を簡単に説明してくれる。

博打に取り付かれた長兵衛は、腕のいい職人。無一文どころか借金をかかえ、もうどうにもならない。一人娘のお久が吉原の店に駆け込む。孝心に打たれたおかみが、長兵衛に五十両貸す。ただし、一年限り。それを過ぎたら、娘を店に出すという。

――一年あれば、何とか稼げる。

長兵衛は五十両を懐に……、といって先生は窓の外を見る。隅田川――大川の流れだ。

「聖天《しょうでん》の森を左に見て、吾妻橋《あづまばし》にかかる。――つまり浅草の、この辺に来かかるわけだ」

歌謡曲のことから、古典落語の話になった。ウソから出たまこと、ならぬ、ウタから出た『文七』。

後を落語家さんが引き取り、

「そうなんですよ。――夜のことです。昔だから、今じゃあ考えられないほどの暗さでしょう。それこそ、墨を流したようだ。――で、長兵衛はここまで来て、吉原の方を振り返る。――そこで、わたしの教わった型では、《闇の夜は吉原ばかり月夜かな》という句が入るんです」

「ありゃあいいね」

と、先生。その型の『文七』を聞いているのだ。

「はい。吉原の明かりだけが、夜空のその辺り、ぼうっと闇を染めているんでしょう」

「ひと刷毛《はけ》で情景が出るね」

「入れないやり方もあります。でも、わたしは、これが好きなんです。――ところが、この句には、ふた通りの解釈があると聞きました」

「うん」

「切り方で逆になる、という――」

美希が聞く。

「どういうことです？」

先生が饅重をつつきながら、いう。

「昔から、よくいうやつで《シンダイシャ、タノム》と《シンダ、イシャ、タノム》。あれみたいなもんだ」

「はあ？」

「どこで切るかで、意味が変わる。電車の《寝台車、頼む》と、びっくり仰天《死んだ、医者、頼む》だ」

美希は、ちょっと考え、

「死んじゃったんなら手遅れでしょう？　今更、医者を呼んでも」

「そういわれれば……そうだが」

美希は、体育会系の肩を揺らし、

「死亡診断書が欲しいんですか？」

困った先生は、

「そこまで現実的な話じゃない」

余計な突っ込みだった。

「えーと、この句の場合は？」

「《闇の夜は、吉原ばかり月夜かな》というのが普通。暗い夜でも吉原ばかりは不夜城の明るさとなる。新宿渋谷の華やかなネオン、みたいなもんだ。——ところが、《闇の夜は吉原ばかり、月夜かな》と切るとどうか。明暗が逆転する。吉原という場所を支配するのは夜の闇だ。煌々《こうこう》たる月が出ている晩でもね」

美希は、頭の中で双方を味わい、

「なーるほど」

先生は、落語家さんに向かい、

「で、あなたはどちらでやってるんです？」

「『文七』のここに置くには《吉原だけは明るい》で行くしかありません。実景がそうだろうし、《そこにお久がいる》という思いがあります。——長兵衛としたら、娘のおかげで金の工面が出来た。《大丈夫、おとっつぁんが何とかする》と、やる気になっている。——ここで《闇の夜は吉原ばかり》とは、絶対にいえません。噺が壊れてしまう」

「そりゃあそうだよね」

と、先生。

「だけど、《二説ある》なんていわれると、ちょっと落ち着かないんです」

美希は、首をかしげ、

「そういうことは、きっちり教わらないんですか」

「学者のような落語家さんもいます。そういう人は、資料を調べて、細かく突っ込みます。でも大抵は——というか、わたしなんかは《こうだな》って思ったら、考え込まずにそれで押す。——そんな感じですね」

「一体全体、その《闇の夜は》って、誰の句なんです？」

と美希が、当然の疑問を出す。

「キカクだな」

「は？」

「榎本《えのもと》其角《きかく》。芭蕉の高弟だ。——宝井《たからい》其角ともいう」

3

「《鐘ひとつ売れぬ日はなし江戸の春》《越後屋にきぬさく音や衣更《ころもがえ》》なんかが有名だな。華やかで奇抜な作風。そういう意味では、芭蕉の弟子らしくない。——ミステリ好きには、《鶯の身を逆《さかさま》にはつねかな》でおなじみだ」

「《鶯》……ですか？」

「巨匠横溝正史の代表作に出て来る」

「ほおほお……」

と、ごまかす美希である。

「で、まあ、《闇の夜は》の句の二面性について——なんてえのは、地味な話だ」

「はい」

先生は、落語家さんに聞く。

「あなた、その話、誰に聞いたの？」

「誰に——というか、いつか酒の席でいわれたような気がします」

「お仲間の集まった席？」

落語家さんは、視線をちょっと宙に舞わせ、

「……だったかな。その時は、《ふーん》と思ったぐらいでした」

「いずれにしても、こんな専門的な解釈が、飲みながらの話題になる。——そりゃあ、泡坂《あわさか》先生が書いたからじゃないかな」

美希は驚いて、

「泡坂妻夫《つまお》先生ですか？」

「うん。『煙の殺意』という短編集がある。泡坂先生らしい名作揃いの一冊だ。その中に『椛《か》山訪雪図《ざんほうせつず》』という作がある。人によっては、これを先生の代表作ともいうな。——その中で、この句をあげ、見方によって姿が逆転する例としている。実に鮮やかな使い方だ」

「はあ」

「だまし絵というのがある。先入観にとらわれて見ていると、ひとつの姿しか見えない。鍵穴から中を覗いているようなものだな。暗く、救いようのない眺めになる。——ところが、窓があることに気づいて、そちらに立つと全く違った明るいものが見えて救われる。——生きていると、そういうこともある。そうでないと生きられやしない」

　美希は首をかしげて、

「でも、これは皆が《吉原ばかり月夜かな》と、陽気にいってるけど、《闇の夜は吉原ばかり》と暗くもなる——という例でしょう」

　小池先生は、

「うーむ……」

と、唸って苦い顔をした。

それからもしばらく、落語についてのあれこれが話された。やがて、お開きとなる。

外に出ると、普通の対談の終わりと違って、まだまだ日が高い。

「では、これで——」

落語家さんは、羽織など一式の入っているカートを引いて、横断歩道を渡って行った。

美希は、小池先生を松屋まで送った後、何となく気になったので神保町に寄った。泡坂妻夫『煙の殺意』の文庫本を買ってから、会社に戻った。

4

次の土曜日、何カ月ぶりかで中野の実家に帰った。

父はポロシャツを着て、茶の間の掘り炬燵に座っていた。定位置だ。面倒くさがって、なかなか炬燵布団を取らないでいた。八月に入り観念して、ようやくすっきりさせたが、やがてまた季節が巡る。

「暑い暑いといってたが、いつの間にか秋風が吹く」

そんなことをいっている。

「食欲がないみたい。でも、お前が顔を見せてくれたから、少しは元気になるでしょう」

サンマを焼いて三人で食べた。

「お母さんが子供の頃の、流行歌ってなに？」

「グループサウンズかな。ブルー・コメッツとか」

父が頷き、

「森とんかつ、泉にんにく、囲まれてんぷら――だ」

「は？」

母が手を軽く振り、

「『ブルー・シャトウ』という曲が流行ったのよ。その文句が、《森とー、泉にー、囲まれて》なの。子供がふざけて《森とんかつ、泉にんじん、囲まれてんぷら》って歌ったの」

「あれ、《泉にんにく》じゃないか」

「《にんじん》よ」

どっちだっていい。口伝えの流行は、ところにより形を変える。

夕食の後、洗い物も終えて落ち着く。美希は、この間の話題を出してみた。

「お父さんは落語が好きでしょ」

「うん」

「それで、国語の先生。俳句のことも、専門でしょ？」

「専門じゃあない。かじってるだけだ」

美希は構わず続ける。

「だとしたら、この件について、ぜひ、ご意見をおうかがいしたいのよ」

お茶を飲みながら聞いていた父だが、美希の説明が終わると、

「――その件か」

「知ってるの？」

「解釈を巡る面白い素材だ。ちょっと調べたことがある」

――相変わらず凄いな、何でも知っている。

と、思ったら、あちらから聞いて来た。

「それで、ミコはどう思うんだ」

父は、この年になっても美希をミコと呼ぶ。

「どう思うって――やっぱり、泡坂先生の方が深いような気がする」

と、『煙の殺意』を出して見せる。

「深い――というと？」

「《闇の夜は吉原ばかり》といった方が、人間の哀しみに迫ってるでしょ」

「ふんふん」と、頷き、「――その、《人間の哀しみ》っていうのは、吉原で働く女性の哀しみか？」

父はその文庫本を手に取り、しばらく見ていたが、わざとらしく肩をすくめ、

「泡坂妻夫はそんなこと、いってやしないぞ」

思いがけない言葉だった。

「いってるわよ」

「自分で見てごらん」

美希はあわてて、そこを読み返す。

闇の夜は、で切って詠むときと、吉原ばかり、で切ったときと、この句は詠み方によって、正反対の意味になってしまうのです。弦歌高唱、耀明尽きることを知らない

紅灯の世界は、嘘と駆け引きの世界、煩悩の闇に閉じ込められているとも言えるのです。古川柳にもありますな。――吉原が明るくなれば家は闇……

「どうだい、《煩悩の闇》といってるだろう。どちらかといえば、男から見ての《闇》だ」

「確かに――」

「吉原が苦の世界だといってるわけじゃない。そういういい方――つまり吉原イコール苦界《くがい》という決まり文句も、お江戸の昔からあるにはある。だが普通に《吉原》といえば格式もある。無茶苦茶な商売をしているわけじゃない。花の吉原なんだ。流行の発信地でもある。そのトップの《大夫《たゆう》》といえば、今のイメージでいえば、大スターだよ。――ミコがいったような《女の哀しみ》というのは、現代的な目で見た時、出て来る言葉なんだ」

自分の頭で最初に考えたことが、そのまま書いてあると思い込んでしまった。目で文字を追いながら、きちんと読んではいなかった。

「……なるほど」

「そういう意味で《闇の夜は吉原ばかり》というのは、其角的でもないし、江戸的でもない」

ちょっと待ってろ――と立ち上がり、しばらくするとカセットテープを持って帰って来る。

「何それ？」

「今から四十年ぐらい前のラジオの音が入っている」

「ふうん」

「早朝の芸能番組があって、懐かしの名人芸みたいなのを流していたんだ。《これは貴重》、と録音していた」

好きなことにはまめな父だ。録《と》った音も整理してある。内容もメモしてある。西川たつ『俗曲』、山野一郎『連続時代』、ミルク・ブラザース、六代目貞山《ていざん》『二度目の清書《きよがき》』などと書いてある。美希には、何のことか全く分からない。

「ここで、柳家小半治が唄っている」

「柳家っていえば小三治じゃないの」

「それは落語家だ。こっちは音曲師《おんぎよくし》。真打ちの前に出て、唄って場の気分を整える」

論より証拠で、テープをかけてくれる。

5

男にしては高い声だ。

出て来てすぐ《ちょっとお色どりに》という、なるほど脇役なのだ。それを心得ている。《はっ》とか《よっ》とかいう軽い調子に、いい味がある。

《夢でなりーとも、知らせておくれ》などと唄った後、《お古い大津絵をうかがうことに》という。

父が、注をつけてくれる。

「大津絵――といっても、この場合は絵じゃあない。江戸時代の末に、滋賀の方から流行った俗曲だ」

小半治の、高い哀調を帯びた声が響く。

きりぎりーす
時節とぉて
虫売り女衒《ぜげん》の手にかかーり
東京、街々
かごに乗り
売られて買われる勤めの身
ほんにこのー世は苦の世界

父は、途中で止め、

「時代が今だから、《東京、街々》といっている。江戸の頃には違ったろう。生身の人間が唄うから、《泉にんじん》みたいに、色々なバージョンが出て来る」

「うん」

「きりぎりすにたとえ、ストレートにいわない。そこから逆に、哀しみが出る。唄い方が、全然べたつかないのに、ぽんと出される《苦の世界》が胸に響く」

テープは続く。

久離《きゅうり》切られてかご住まい
親たちゃ草葉のかげでなく
思い切れ切れー
きりぎりす

「キュウリと《久離》が掛けられている。――分かるだろう」

「要するに、縁を切られて――ってことでしょ」

深刻なことを、野菜のキュウリに掛ける。後に続く、《親たちゃ草葉のかげでなく》がたまらない。《鳴く》と《泣く》が重なり、秋の虫のすだく声が辺りを包む。小半治の声は、《思い》といい、わずかな間を置いて《切れ切れー》となる。

ままーになるなら

飛んで行きたや
草の中

クライマックス。さらに高く《ままーに》といい、《草の中》で唄いおさめる。余韻に浸りたくなる美希だが、小半治には《いかがです？》といった自己主張などかけらもない。むしろそういう野暮を嫌うように、間髪を入れず《ご退屈様、よろしいようで》という。

「まあ、これが《苦界》を唄う、大人の芸だろうな」

納得してしまう。父は続けて、

「泡坂妻夫も、《闇》は《煩悩の闇》と書いている。この説をいい出した人の通りだ」

美希は首をかしげ、

「いい出した人？」

「ああ、《闇の夜は吉原ばかり》で切るべきだといった人だ。――知らないのか？」

けげんそうだ。

「知らない」

父は、頭を掻き、

「何だ、こんなこと、いい出すから、その辺は押さえてあると思ったぞ」

「誰よ」

「——幸田露伴さ」

6

待て待て——といって、今度は書棚から『露伴全集』を探して来る。

「これだ。『露伴翁と語る』という対談だ。話の相手は斎藤茂吉」

巨人の対決だ。父が指さすところに、露伴の言葉がある。

「闇の夜は吉原ばかり月夜哉」。闇の夜に吉原ばかり灯が点いてゐて月夜みたいに、ちよつとさういふやうに解釈させるやうに出来てゐるのですネ。だけども、そんなことは句にもなんにもなる訳でなくて、闇の夜は吉原ばかりだ、外は月が照つてゐる。月の句なんだからアベコベなんだ。闇の夜は、煩悩の闇です。煩悩の闇に迷つてみんな吉原に来る。その吉原は灯りが旺んに点いてゐて、灯りの世界で月夜の世界ぢやない。外はいゝ月があるから「闇の夜は吉原ばかり、月夜哉」さう思へば、成るほど良い俳諧だ。月夜の句だ。

「どうだい。泡坂妻夫は、これを読んだと思うだろう？」

「そうね。露伴先生、《煩悩の闇》って、二回もいってる」

「俳句の評釈もやってる大権威の先生だ。それより何より、読んで面白い説だ。思わず膝を打つだろう」

「打つ打つ」

「《そうかっ！》という、解釈の喜びがある。露伴先生はさらに、《うつかりすると、吉原を礼讃した句みたいになつてしまふ。さういふところがちよいと逆のところ。あれはあゝいふ味の好きな奴なんだね》なんて押している」

其角という作者は、そういう奴だというのである。美希は、対談の続きを見て頷く。

「うん」

「解釈っていうのは、本来、こういう説もあればああいう説もある——というものだ。しかしながら、天下の露伴がここまでいってるんだ。この言葉を読んでしまったら、ひと筋道に《これが正しい》と思っても無理はない」

「え、違うの？」

突進する猛牛を素手で止めようとするようなものだ——と、思ってしまう美希だ。

「違うとかいう問題じゃない。聞いてないのか、——解釈は色々あるから面白いんだ」

父は、茶碗を差し出し、

「うん、面白い、面白い。お代わりしよう。今度は、蕎麦茶でもいれてくれ」

7

父は、香ばしい蕎麦茶を口に含み、しばらく味わう。それから機嫌よく、また話し出す。

「同じ会社の同じ全集でも、内容が微妙に違う。新しい版が出たらすぐ前のを捨てるわけには行かない。――岩波の『古典文学大系』だと、前の赤表紙の方に、この句が入っている」

美希が蕎麦茶をいれている間に、父はまた何冊か本を持って来て、脇に置いている。その一冊を取る。昔の『日本古典文学大系　近世俳句俳文集』だ。問題の句が載っている。

「ここに、《前書「浪の時雨のふたりこぐ、ひとりはぬれぬ二挺立哉」》がある――という注がついている」

「え？」

「《雨の中に二人いる。一人は濡れない》――というんだ」

「……？」

「頭の体操だよ。トンチさ」

「《一人は濡れない》って、――要するに二人とも濡れるから、一人だけは濡れないってこと？」

「そうだ」

「馬鹿馬鹿しいわねえ」

「珍しくないんだよ、こういうの。ポピュラーな例なら、《忘れねばこそ思い出さず候》なんてやつかな。あなたのことは思い出さないわ、だって、忘れないんだから」

美希は、顔をしかめ、

「いらいらして来るわね」

「気の短いやつに恋は出来ない」

「そうでもないわよ」

「――そうか？」

と、ちょっと心配そうな父である。

「とにかく、そんな前書きがついてるんだ。つまり、《この句はトンチで二通りに解釈出来ますよ》っていう宣言ね」

「そうだな。そして《闇の夜は》の句が、切り方で意味が変わるのは、見れば分かる事実だ」

「うん」

「そうなると問題は、表の意味がどっちで、《これが正解ですよ》と差し出す、膝を打つ答えがどっちか――ってことだ」

美希は、首をかしげる。

「それは露伴がいってる。もう、明らかなんじゃないの？」

父は、ゆっくりという。

「そうともいえない。だから、面白いんだ。——現在、この句の解釈をする人は、露伴の説を採らないいんだな」

「そうなの？」

これは意外だ。

「今の、『古典文学大系』の注の続きにも、《古句「やみの夜は松原ばかり月夜かな　作者不明」（俳諧小式）の一字をかえた奪胎の句だとする説もある》と書いてある」

「ええ？」

「《やみの夜は松原ばかり月夜かな》という句が、前にあったというんだ。似てるだろう」

「似てるどころか《松》と《吉》の一字違いじゃない」

「そうなんだ。前の句は、一読意味が通る。明るい月夜だが、木の茂った松原の辺りだけは闇夜だというんだな。《やみの夜は松原ばかり、月夜かな》。それを踏まえて一字だけ入れ替えたとすると、表の意味——当たり前の切り方はどうなる」

「《闇の夜は吉原ばかり、月夜かな》の方が普通ってこと？」

「そうなる。——露伴先生は、其角というピッチャーは直球は投げないと読んだ。ところが直球は、先生が裏を読んだつもりの《煩悩の闇》の方だった——ということだ。当たり前に行けば《闇の吉原》になるところをひねって、其角は《闇の夜は、吉原ばかり月夜かな》というボールを投げた。そういう考え方を、要領よく書いているのが——これだ」

角川書店から出た『近世　四季の秀句』という本を出す。

「平成十年の刊行だよ」

父の開いたところを見ると、鈴木勝忠という人が、この句について語っている。

「闇の夜は松原ばかり月夜哉」の古句（月夜は松原だけが暗い）の一語を入れ替えた即興句で、元句の意味をそっくり逆転して、月夜を闇夜の句にして、明暗も逆にし、吉原の夜の明るさを素直に褒めた作で、平和なお江戸を讃《たた》える気持ちもこめられていよう。

8

「《素直に》——というところに、こちらの解釈の心が出ている」

そういわれると、素直なおおらかさこそ、この句の命に思えて来る。頭で作るトンチを、誰にも分かりやすいものに変えた。

「肌で句を読むことの出来た同時代の人々が、そういう意味で受け入れて来た。――《吉原ばかり月夜かな》という分かりやすさを、底が浅いと思う人もいるだろう。駄句だという者もいるだろう。――しかし、そこには江戸人の心をとらえるものがあった。だからこそ、この句は命を持って生き続けて来た。文字として眠っていることはなかったんだ」

話がまた、一段階、進んだようだ。

「――どういうこと？」

「ミコは、この疑問が、落語家さんから出たといったね」

「うん」

「だとしたら、その落語家さんは、芸の伝承としては先代の正蔵、林家彦六の血筋を引いてるんじゃないかな。しかし、――『文七元結』を得意とした人は何人もいる」

有名な作品なら、当然そうだろう。

「――この句を引いて演じた代表的な落語家に、三遊亭圓生《えんしょう》がいる。昭和の名人だ」

「あ、何となく分かる」

勿論、録音や録画でだが、美希もその芸には触れていた。

「で、――非常に面白いことなんだが、この名人圓生が、吾妻橋の場面で《闇の夜は吉原ばかり月夜かな》とは、いってないんだよ」

「は？」

わけが分からない。

「――別の句を引いているの？」

「そうじゃない。圓生は、こういってるんだ。――《闇の夜に吉原ばかり月夜かな》とね」

「あっ」

思わず小さく叫んでいた。

「どうだい、そういうと意味はぶれないだろう」

――《は》と《に》。わずかに一字の違いだ。しかし、おかげで解釈が揺らがなくなる。一句の意味が、堅固な城となる。

「それは、――名人が、其角の句をいじったということ？」

自分の落語という作品を完璧なものにするために、芸の鬼が、ひと筆を加えたのか。

「そういうと格好いいんだが、――あながち、そうともいえない」

よく分からないことをいう。そして、父は立ち上がってしまった。

9

別に逃げるのでも、気を持たせるわけでもなかった。父は、また何かを出して来た。今度は、ＤＶＤだった。

「ビデオに録ったやつを、ちょっと前にダビングし直した。機械が変わってしまうんでなあ。日進月歩は非常に困る」

ちょっと前というが、もう七、八年前の夏のことだ。ビデオの山を前にし、一所懸命作業している父を見た。

「まだやってるの?」

と、美希が聞くと、

「――ダビングに賭けた人生」

と答える。美希は、

「寂しくなるからやめて」

といったものだ。

今、持って来たのが、その古い映像だ。

「何なの?」

「歌舞伎だよ。代表的な演目、『助六』だ。幾つか録ってあるが、珍しい方がいいだろう。この間、亡くなった團十郎の、そのまたお父さんの襲名披露の時のものだ」

「そんな頃から、ビデオあったの?」

「五十年ぐらい前だからな。勿論、うちにビデオなんかない。――これは、いつだったかNHKが流してくれた、懐かしの映像だ」

ディスクをレコーダーに入れる。出て来るのは、無論、白黒の映像だ。父は、中村歌右衛門扮する揚巻《あげまき》の出のところまで、早送りする。

「いいか、ここで流れてる文句を、よく聞けよ」

三浦屋の花魁《おいらん》、揚巻。その華やかな登場シーン。耳を傾けていた美希は、《おやっ》と口を尖らせ、巻き戻してもらってもう一回聴いた。

「どうだ」

「《闇の夜に吉原ばかり月夜かな》って、いってる」

父は、ディスクを取り出しケースに収めて、「ことの初めは、其角の投げた変化球だ。人々は、それを、めでたく吉原をことほぐ句として受け入れた。——しかしながら、元の形の《闇の夜は》だと、どうしても落ち着かない。揺れるところが最初の狙いにしても、それが余計になって来る。——人々という、もう一人の作者が、時の流れの中で《闇の夜に》とか《闇の夜も》とか直すんだ。こりゃあ自然なことだろう」

美希は、こくんと頷いた。

「分かる」

「圓生が採ったのは、其角の句というより、こちらのバージョンだろう。——お久のいる吉原を見返っての場面だ。この方が、より適切だともいえる」

「うん」

父は、最後に残した本を取り上げ、

「歴史探偵の半藤一利先生が、こういう本を書いている。『其角俳句と江戸の春』だ。

この句については、《江戸市中は月もなく闇夜なんであるが、ここ吉原ばかりは煌々と明かりが灯って、まるで月夜のようである、と意味はだれにでも自然にとれる》と明快だ。さらに《其角自身の青春讃歌でもある、と読みとれば満点であろう》といっている。さらに興味深いのは、この本の《前口上》という部分だ」

「何なの？」

「この句が、江戸小唄にも取り込まれている――として、こう引いている」


〽闇の夜に吉原ばかり月夜かな　そそる店先格子さき　来るか来ないの畳算　ほんに辛気なことぢやえ　格子にもたれて向うの人向うの人　と呼子鳥《よぶこどり》

「《闇の夜に》――ね」

「江戸という時代が選択したのは、輝く吉原――ということだ。やがて、そちらの方が、普通になり直球になった。露伴の声も、だからこそ出た――ということじゃないかな」

「なーるほど」

父は、冷えた蕎麦茶の残りを啜《すす》り、

「まあ、しかし、本当に本当の結論は、こうしてあれこれ考えること自体が楽しい――ということだ。タイムマシンに乗って行って、其角当人に会い、《実は、どうなんです？》と聞いたところで、意味はない」

「多様性にこそ解釈の冒険がある——ということね」

「まあ、そうだ。——それにしても、ミコ。《歌謡曲の話から、思いがけず『文七元結』になった》とかいってたな」

「ええ」

父は、面白そうに笑いながらいった。

「小半治の大津絵も、江戸小唄も、昔の流行り唄だよ」

美希は、人形になって操られていたような気になった。

「あ、……そうか」

「結局、歌謡曲がついて回る解釈だった——ってことさ。神様がそんな風に手を回したのかも知れない。不思議なもんだな」

冬の走者

1

ロシアの文豪、アントン・チェーホフの短編に『犬を連れた奥さん』というのがあった。だが、田川美希に話しかけて来たのは——犬を連れたおじさんだった。薄くなった頭を、ちょっと傾け、

「あんた……」

思わずランニングシューズの足を止める。声は続いた。

「……ホノルルにいたね」

不思議な質問だ。

ここは十二月の東京だが、ふとワイキキの浜が目に浮かび、波とウクレレの響きが聞こえて来そうである。

「——は？」

おじさんは、《何もかもお見通し》といった調子で、

「……走ってたね」

ホノルルマラソンのことだ——と分かった。

「いえいえ——」

十月からほぼ毎朝、走っている美希だ。八時前に出て、三十分ほどで戻って来る。走りやすい道は決まっているから、五、六キロの同じコースになる。

公園脇のこの辺りに来るとよく、犬のおじさんと擦れ違った。互いに顔を覚えたから、軽い会釈ぐらい交わすようになった。

おじさんは、美希の否定にがっかりし、

「……そうかなあ？」

止まっているのにじれた犬が、《もう行こうよ》という要求を全身に見せる。がっしりした大型犬だ。おじさんを引きずって走り出しそうだ。長年つれそうと夫婦は似て来るというが、どことなく飼い主に似た顔立ちの犬だった。

「——ではでは」

と挨拶し、美希もまた、犬に負けじと走り出した。

出張があったから、二、三日走らなかった。お休みをしていた。その間に丁度、ホノルルマラソンがあったのだ。ニュースか何かで、映像を流したに違いない。ホノルルマラソンには、日本人が多く参加する。

——ちらりと映った誰かさんが、わたしに似てたんだ。

画面を埋め尽くす市民ランナーの群れの中に、背格好とランニングウェアが——ご丁寧に髪形まで同じような人がいても不思議はない。一瞬、遠目に見ただけでは分からない。

《いつものランナー》に会えない日の続いたおじさんは、《どうしたのかな》と思っていた。その時テレビを見て、《なるほどっ!》と、膝を打ったのだ。

毎朝、出会うものは気になる。公園沿いの曲がり角では、しばらく前からムラサキシキブの綺麗な実を見かける。膝から腰の辺りで、艶やかな紫が迎えてくれる。正確にいえば、実が目立つのは、ムラサキシキブではなくコムラサキというらしい。名前はどうでもそれが、目を楽しませてくれる、季節の色であるのは確かだ。

走っているうちに、その角に着くのが楽しみになった。また、華やかだった部分が色あせ、今度は別の方の実の紫がくっきりとして来たりする。そこに時の変化を感じた。毎日、見ているからだ。

——あのおじさんも、わたしとの出会いを、何となく楽しんでいたのかも知れない。わたしがムラサキシキブを楽しみにしていたように。そして姿が見られなくなった時、《風邪でもひいたのかな?》と心配してくれたのだろう。テレビ画面を見て、《おい、今、知ってる人が映ったぞっ!》と叫んだのかも知れない。

だが美希は、ホノルルマラソンには出掛けなかった。

には——である。

2

年も押し迫った十二月二十三日、北関東で行われる市民マラソンがある。そこで走ることになっていた。

話せば長いわけがある。作家の塩谷一刀《しおたにいっとう》先生が、去年の夏、ランニングに目覚めた。最初はあまりの暑さに耐え兼ね、

――わっ！

と、いって走りだしたらしい。わずか百メートルともたず、ぜえぜえ息をつき、ついでに膝までつかんばかりの状態で立ち止まった。季節が季節だったから、当然だろう。無茶である。滝のような汗が自分の影に落ちた。

脱水症状を恐れ、ごくごくとスポーツドリンクを飲んだ。落ち着いた。平常心が戻って来ると、己の体力低下に愕然とした。

時代小説の中堅、塩谷先生である。そこで、

――かくてやはあるべき。

と、戸隠山系の奥深く籠もり、修行に入ってくれたら、美希が走ることもなかった。

先生は、理性的かつ計画的にランニングを始め、ぐんぐん脚力を回復して来た。季節も夏から秋へと移って行く。木々の色づく頃には五、六キロは軽々と走れるようになっ

ていた。

タイムを取れば、それが数字となって見えて来る。記録がよくなれば、張り合いがある。人に話したくなる。

走る編集者なら、実は何人かいる。《靴はねえ、初心者のうちは厚底がいいですよ。慣れて来たら、薄くて軽いのに……》などと、懇切丁寧に教えてくれる。教えるのが楽しいのだ。

秋からは市民マラソンのシーズンになる。

「――大会参加こそ最高の練習だ」

と、先生はいった。

「聞いたような台詞ですね」

「真理はひとつ」

かくして塩谷先生を中心にした大会参加が始まった。

「一緒に走るから原稿下さい――なんていいません」

「いってるじゃないか」

さらに一年が経ち、またまたマラソンの季節となった――というわけだ。

今年は、北関東の地方都市で行われる市民大会に照準が定められた。東京から距離的にも近い。十二月の末なら、仕事も一段落している。種目が二十一キロのハーフマラソンと十キロ、初心者にも手頃だ。

好条件が揃っていたが、わけなら、実はもうひとつある。塩谷先生を囲み、その大会が話題になった席で、美希がいったのだ。

「あれっ。編集長、確か――そちらの出身でしたよね」

冷静沈着な、いい換えれば、他人事という顔をしていた『小説文宝』編集長丸山が、ぎくりとした。口の辺りの筋肉を微妙に動かし、

「……と、ところで、昨今の出版界は」

塩谷先生が、ぐっと身を乗り出し、

「そうなのか？」

「あ、いえ……」

追及された。会場の隣町出身だと発覚した。ハーフマラソンの周回コースとなる湖には、小学校の遠足で行っていたそうだ。

「なるほど、――運命とは味のあるものだ。これで今年の目標は定まった。なあ、丸山君」

「そうなんですか」

「土地カンがあれば走りやすい。君も、故郷に錦を飾れる」

「どういう意味です？」

塩谷先生は、存在感のある顎を撫でながら、

「神のお導きということだ。早速、練習に入ってくれよ。いやあ、仲間は多いほどいい。

胸が躍るなあ」

直接の塩谷担当は、百合原ゆかりだ。三十代女子である。

「編集長、――わたしだって走るんですよお」

と、嬉しそうだ。

一方、丸山はうらめしそうな顔で、美希を睨む。

「田川――、お前はどうだ」

「報復人事ですか」

塩谷先生は、にんまりしつつ、

「聞き捨てならんぞ。走るのは体にいい。何より――楽しいことだ」

美希も《楽しい楽しい》と、大きく頷き、

「わたしは、全然、オッケーですよ。目標があれば心が引っ張ってくれる。体も動かしやすいです」

美希はバスケットボールをやっていた。それもレギュラーだった。室内スポーツといっても、バスケは試合中ひたすら走り続ける。運動量は半端ではない。鍛え方が違う。足には自信があった。

「心強いっ」

と、頷く先生。丸山は、美希と並べればか弱く年長のゆかりに、おずおずと聞く。

「百合原、お前、……どちらに参加するんだ。十キロか、ハーフか？」

「十キロですよん。コースがちょっと違うんです」

　小さい湖がもうひとつある。そちらに行って帰って来るようだ。スタートとゴールは同じだが、途中でコースが分かれる。大小の湖をアピールする意味があるらしい。

　丸山は、ほっと息をつく。そこで塩谷先生が美希に向かい、

「――田川さんは？」

　美希は傲然と胸を張り、

「わたくしですか。当然、――ハーフですね」

　塩谷先生は手を揉み、嬉しげに、

「聞いたかね、丸山君。君の部下がこういってるよ。――君の耳は、確かに聞いたろうねえ？」

　いわんとするところは明らかだ。丸山は、《とほほ》という顔になる。

「……田川、お前、『徒然草』は読んだか」

「高校の授業で、やりましたね」

「友達にするのによくない人間――があげられているんだぞ」

「ほお」

「兼好法師はおっしゃった。……《丈夫な奴はいかん》と」

　心の叫びである。

「そんなことありません。――助けてあげますよ」

「いざとなったら、おぶってくれるか」

「――甘え過ぎです」

わたしはあなたの母ではない――と思う美希であった。

3

そんなわけで朝練を続けていた美希である。塩谷先生はいった。

「マラソンとは何か。最も誠実な友だ。つきあうのに、経験も、お金も、運動神経もいらない。やればやっただけ、結果が出る」

その通りだった。なまっていた体が、一日一日、締まって来る。

丸山も生真面目な性格だから、あれ以来、きちんと昼に走っている。形から入る方なので、すぐにウェアからシューズまで揃えてしまった。嫌がってはいたが、こういう機会でもないと、人間、なかなか体を動かさない。結果的にはよかったのだろう。

『小説文宝』から三人。出版部や文庫部からも参加者が名乗りをあげた。他社の塩谷担当や出版部長まで来ることになり、十名近い大所帯になった。

年末進行の業務も終え、いよいよ今年の仕事は走るだけ――という感じになって来た。

参加費は各自が払い込んである。しかし、前日に誰かが現地に行かなければならない。受付が当日ではないのだ。

九時にはスタートする大会だ。遠隔地から来るランナーなら、当然、ホテルに泊まる。南関東から来る者にその必要はない。となればこれは、《近くに実家のある丸山の役目だ》と誰しも思う。

だが数日前に——、

「抜けられない用があるんだ。すまん、行ってくれないか。七時頃、駅で落ち合おう。——実家に泊まってくれればいい」

前日は日曜日。体は空いていた。美希は、目をぎょろりとさせ、

「二人で——、ですか？」

「そんな危険な橋は渡らない」

「どういう意味です」

「百合原も一緒だ。俺と一緒に来る。——うちには姉がいる。田舎だから広い。お前達が寝る部屋ぐらいある」

かくして、全員分の受付を美希が請け負うことになった。

4

スタートの運動公園に受付のテントが作られていた。

預かって来た参加票を見せ、全員分のゼッケンを貰う。ハーフマラソン用の黄色が八

枚、十キロ用の赤が一枚だ。

それから参加賞になるTシャツを貰う。これは各大会で出るものだ。色もデザインも様々。大会担当者のセンスの見せどころである。スポーツ雑誌にカラーで紹介されることもある。コレクションしている人もいる。今回のは、色鮮やかなオレンジ色だ。

受け取ってから、地方都市の郊外をぶらぶら歩く。

数日前には、《関東に初雪か？》という予報も出た。実際、箱根が白いもので覆われた。大会当日の天候が心配になったが、その後はよく晴れていた。見上げる夕暮れの空も美しい。明日も気持ちよく走れそうだ。

途中までは、マラソンコースになっている県道の脇を行く。右に折れると、目の前が駅だ。

丸山に《受付、無事終了》とメールを入れると、《六時半頃には着けそう》という返事があった。早くなるのは嬉しい。

冬の夕方は暮れるのが早い。日が落ちると条件反射で腹が空いて来る美希だ。いっそのこと、食べてしまいたいが、丸山がご馳走してくれることになっていた。それを期待し、駅前の本屋など覗いて時を過ごす。

ところが、

「あれっ？」

と声をあげることになった。改札口を抜けて来たのは丸山一人だった。着替えや仕事のものも入っているのか、大きな紙袋を両手に提げている。

「百合原さんは？」

丸山はコートの肩を揺すって、

「来られなくなった」

「は？」

「上野で連絡を貰った」

「どうしたんです？」

「駅の階段で転がったらしい。急いだせいだ。せいてはことを仕損じる」

「大丈夫なんですか」

「頭とかは問題ないようだ。くじいたか、捻挫したか、とにかく――足だけだ。しばらく休めば完治する」

《しまったにゃーん》と笑いながら、階段を落ちて行くゆかりの姿が目に浮かんだ。

確認すると、《ごめんなさい、わたしの分も走ってね。遠く東京より、あなたの健闘を祈る》という、大昔の紅白歌合戦の応援のようなメールが届いていた。

駅前のフランス料理屋に入る。丸山、お薦めの店だ。中は十二月らしく、クリスマスの飾り付けがしてあった。

丸山が予約を入れておいたからすんなり座れたが、ほぼ満席だった。後からも、ドアを開ける客が何人もいた。人気店なのだ。

それもその筈、田舎と侮れない味だった。スープも料理も個性的、かつ魅力的だった。

「百合原にも、郷土自慢をするつもりだったんだ。どうだ、なかなかのものだろう」

「本当ですね」

明日に備え遠慮なく、ビーフシチューとフォアグラのハーモニーを楽しんだ。おいしいもので腹が膨れ、幸せな感じになる。

「これだけの料理を、東京で食べたら大変だぞ」

丸山がいうのは金のことだ。おごられる身にはどうでもいいが、素直に、

「へええっ！」

と、感心しておいた。

駅に戻って私鉄に乗る。二駅ほど先で降り、タクシーで丸山の実家に向かった。

丸山は、東京で仕事をし結婚し、生活している。故郷の家は姉が継いでいる。教員をやっているそうだ。

繁華街を過ぎると、畑が広がっている。家々の数が少ない。山とまではいえない丘陵が、その背後に闇を抱えて広がっていた。

5

「オジちゃんのオクさん？」

と、丸山の姪がいう。三、四歳だろうか。びっくりするほど可愛い子だ。目が大きく、丸山には全く似ていない。

「違うよお」

と、つられて子供口調で答えた美希だ。《とんでもないっ》ともいえない。ゆかりが来ないおかげで、妙な気をつかうはめになった。

「ふーん」

丸山は、

「有香《ゆか》ちゃーん。叔父さんの奥さんは、前にも見てるだろ」

後々、不都合な発言をされないよう、あわてて打ち消している。

有香ちゃんはそんなことには興味はないようで、美希に向かい、

「――ねえ、サンタさんて、ホントにいるの？」

一瞬、とまどった美希だったが、丸山が力強く、

「ああ、いるよ。勿論、いるともっ！」

といってくれたので助かった。そこに、丸山の姉が、紅茶の盆を持って入って来た。四十は越えている筈だから、有香ちゃんは三十代末の子だ。

教員仲間と結婚し、去年、別れたという。特別に化粧をしているとも思えないのに、やはり目がぱっちりと大きい。生まれつき、睫《まつげ》が長いのだ。丸山とは、父親似か母親似かで分かれたのだろう。

「あら、有香ちゃん、お邪魔するんじゃないわよ」

「おジャマしないもーん」

「してないよねえ」

丸山は、ひたすら相好《そうごう》を崩している。

「すみません、おしかけまして。――どうぞ、おかまいなく」

「地元のイベントですからね。参加していただいて嬉しいですよ」

石油ストーブで温められた応接間だ。美希達は古めかしい応接セットに座っている。

「風呂だけ入れてもらったら、後はもうすぐ寝るから――」

そういう丸山の右の親指と人差し指を、有香ちゃんが握り、

「オジちゃんにはねー、おしえてあげたんだよね。おデンワのとき」

「え、何？」

丸山が答える。

「ほら、《こっちに泊めてもらえるか》って、かけたろう。あの時、有香ちゃんと話したんだ」

「何を？」

今度は有香ちゃんが、

「サンタさんに、なにおねがいしてるか、おしえてあげたの」

「あら、――何なの？」

「ダッフィーちゃーん」

「何それ？」

「クマちゃーん」

お母さんはけげんそうだ。美希が助け舟を出す。

「ディズニーシーで売ってる、クマの縫いぐるみです。——今、人気なんですよ」

「あらまあ」

有香ちゃんは、ぷっくりした頬をさらに膨らまし、

「サンタさんはしってるよ」

お母さんは首をかしげ、

「知ってるかなあ」

「しってるもん。——だって、サンタさんだもん」

有香ちゃんは、そのまま出て行ってしまった。お母さんは、声をひそめて、

「友達のうちで見たのかしら？」

ダッフィーちゃんのことだ。

「そうでしょうねえ」

「困ったわ。……サンタさんが、いるわけじゃなし」

形のいい眉を曇らす。

「お姉ちゃん——」

丸山は思いがけないほど強い調子で何かいいかけ、後は黙ってカップを手に取り、紅茶を啜った。

6

朝は七時前に出る。庭先に出ると、あちらこちらで鳥がさえずっていた。明るい朝だ。丸山の姉の車で、最寄り駅まで送ってもらった。丘陵の稜線がくっきりと際立っている。地平線の近くは、サーモンピンクの絵の具を横にすっと塗ったようだ。

お姉さんが、

「運動公園まで行こうか」

「いいよいいよ。あちらの駅のコインロッカーに、貴重品、入れときたいから」

と、丸山。

「応援に行きたいとこだけどね」

「いやいや――。休みの朝、早くに出てもらっただけで、もう十分だよ」

「今頃の送りだから丁度いいんだよ。九時前にはこちらも出ちゃうから」

有香ちゃんと、郊外型巨大ショッピングモールに出掛けるそうだ。話題のアニメ映画を観て食事をし、クリスマスの買い物もすませるという。

「大変ですね」

「ま、しばらくぶりの家族サービスだから。――アニメ観ながら、寝ないようにしないと。いびきかくと、有香に怒られちゃう」

車は、私鉄の駅に着く。丸山が手を振り、美希が頭を下げ、車を見送った。

祝日の朝だから、比較的空いている。電車はすぐに来た。

会場のある駅で、丸山の言葉通り、走るのに本当に必要なもの以外はコインロッカーに入れてしまう。お金も緊急時に必要な分だけ、ウェストポーチに入れた。コートの下は、かなりの軽装だ。随分と身軽になった。

運動公園の本部前、八時集合だったけれど、駅で何人かと一緒になった。丸山が会う度に、ゼッケンとTシャツを渡して行く。

横からの朝日が、地を照らしていた。寒くはなく、空気が清々しい。木々や建物の、光を受ける半面が光っていた。

車で来た塩谷先生一行とも無事合流する。

着替えも終え、準備運動もすみ、万全の態勢でスタート時間を迎えた。

塩谷先生がいう。

「どうだね、丸山君。体調は？」

「はあ、まあまあです」

「君の、――太腿、ふくらはぎを見るのは初めてだ」

「そうでしょうね」

晴天。風もほとんどない。絶好のコンディションだ。しかし、

「どうしたんです、編集長」

色とりどりのウェアを着たランナーに前後左右を囲まれたところで、丸山の様子が落ち着かなくなった。

「う……うむ」

「ひょっとしてトイレですか？」

母親のようなことを聞いてしまった。

「……そんなところだ」

かなり緊張しているようだ。

「スターターが出て来ちゃいましたよ」

人気者の、オリンピック金メダリストが来ている。スター兼スターターだ。紹介があると、皆が歓声をあげ拍手する。

「さ、先に行ってくれ。すぐに追いつく」

号砲一発。スタートが切られる。美希は颯爽と走りだす。

丸山にはすでにロスタイムが約束されてしまった。もっとも、丸山に成績を期待している者はいない。彼自身そうだろう。ゴールイン出来ればいいのだ。

——わたしは違うぞっ。

と、挑みかかる美希であった。

7

年末は中野の実家に帰る。

綿入り半纏をひっかけた父がいう。

「箱根駅伝はどうなるかなあ」

父には、神奈川県二宮《にのみや》に昔なじみの友達がいる。駅伝の放送がその辺りに来ると、毎年、よくテレビを観ている。ポリポリと食べているのは、二宮名物ピーナッツだ。友達が送ってくれたものだ。

「きりがないよ」

「う？」

「それ、――ピーナッツ」

父は、袋に手を入れてはつまむ。ひとつ食べてはまたつまみ出し口に入れる。ただのピーナッツではない。雪の上を転がしたように、盛大に砂糖がついている。それをエンドレスで食べている。

「やめるのには勇気がいる」

といって、また食べる。

「勇気出して」

「分かった……」

大みそかの午後、手抜きの掃除も一段落し、母親は買い物に出た。掘り炬燵で、父親と向かいあっている。

父親は、しぶしぶ袋を渡し、

「輪ゴム、かけておいてくれるか」

「あい」

立ち上がって、ついでにお茶をいれにかかりながら、

「この間、わたしも走ったよ」

「ほう？」

記憶に新しい、ハーフマラソンの話をした。ことの起こりから、前日の受付、ゆかりのリタイア、丸山の実家の様子から、当日の走りまで、こと細かに説明した。

父は、聞き上手なのである。しゃべっている美希を見るのが好きなのだ。

「――成績は？」

小学生に聞くような調子だ。編集者グループ内での順位だ。

「他はオジサンだったから」

と、鼻をうごめかす美希。

「トップか？」

「まあね」

タイムは二時間四分。仲間うち八人中の一位だ。二位は他社のランナーで二時間十六分。「それまで快足を誇ってたみたい。口惜しがってたよ。《もっと行けた筈なのに、あんたのおかげでペースが狂った》って」

「そうなのか」

「競り合いになったのよ。——その人、差をつけようと思ってハイペースになったのね。ま、気持ちは分かるけどさ。取り乱した時点で負けだね。——わたしは、そんなことしないから」

クールビューティ、美希である。

「おお」

「結局、あっさり抜き返して、後は一人旅よ」

紅茶をいれて、炬燵に戻る。

「最下位は？」

「うちの編集長。二時間四十分ぐらいだったなあ。ヘロヘロになってゴールインした。……でもね」

「うん？」

「……思い出した。おかしなことがあったんだ」

「走ってる時？」

「ううん。次の日、会社に電話があったんだ。わたしに名指しで」

「誰から？」

「編集長のお姉さん」

実家だから、緊急連絡用に勤務先を知っているのはおかしくない。だが、かけて来るのは珍しい。

「ふんふん」

と、父は身を乗り出して来る。

「《丸山は、ちゃんと走ったんですか？》と聞いて来たのよ。《タイムは悪かったけど、皆でゴールインを拍手で迎えました》っていったわ。そうしたら、《そこで別れたんですか？》」

「ふんふんふん」

「そんなことない。走った後は、お腹が空く。揃って、焼き肉屋に行ったわ。《食べて飲んで騒いで、後は一緒に東京に帰って来ました》。――そう答えたら、凄く不思議そうな声で《本当ですか？》っていうの。あれ、何だったんだろう」

気が付くと父は、《問題》を与えられた時の幸せそうな顔になっていた。

美希に、そんな気はなかった。ただの世間話をしたつもりだった。

父はしばらく、紅茶を味わいつつ天井を見ていたが、やがていった。

「――要するに、お姉さんの疑問とはこうだ。《丸山氏は、当日、どこかで抜け出し、何かをしたのではないか？》」

美希は、一瞬、きょとんとする。

「えーと……。そういうことになるのかな……だけど、そんなことあり得ないじゃない」

「鉄壁のアリバイか？」

「そんなところね。スタート時刻とゴール時刻が、きちんとカウントされるんだから」

「どうやって？」

「今はね、ゼッケンにＩＣチップが付いてるの」

「二十一世紀だなあ」

「それで自動的に記録されるのよ。――運動公園を出た時刻と入った時刻が」

「機械は絶対――というわけだ」

「うん。――でなかったら意味ないじゃない」

「丸山氏のスタート時刻とゴール時刻か。ふむふむ」

8

「成績もネットで見られるよ」

地元紙が、成績一覧を翌日の新聞に載せている。記念に買う人がいるから販売促進になるわけだ。それが、ネットでも調べられる。名前からでも検索出来る。

美希は、スマホを取り出す。

「ほら」

丸山聖賢　2・41・28

「そうか。――それじゃあ、ついでに――欠席したナントカさんの成績も調べてくれ」

「百合原さんの？」

奇妙な言葉だが、お安い御用ではある。《十キロの部》を開き《百合原ゆかり》で検索する。

百合原ゆかり　2・41・28

父は機嫌のいい声で、

「これは、どういうことかな？」

不思議でも何でもない。

「チップって返さないといけないの。回収係が待っている。なくすと後で、二千円の請求が来る。丸山さんが持ってたから、一緒に返したんでしょ。――つまり、チップと共に走ってたわけよ。ゴールの後、百合原さんの分も一緒に返した。だから、二人に《同じ記録》が付く」

「《百合原ゆかり――不在の走者》というわけか」

「かっこよくいえば、そうなるわね」

「だとすれば、実は《ハーフマラソンを走った走者の方が、いなかった》という可能性はないか」

「えっ？」

よく分からない。

「丸山氏は出発直前、トイレに行ったんだろう。——皆と離れた」

「……うん」

「丸山氏はトイレで、残っていた十キロ用の赤いゼッケンをつけて来た。そしてスタートした——としたらどうだ」

「は……？」

「そうしたら、問題なく十キロのコースを走れるだろう」

　美希の頭は混乱する。

「何のために……？」

「時間を稼ぐためさ。そうすれば、単純に考えても半分のタイム、一時間ちょっとで、ゴールに近づける」

「でも……そんな時間で、ゴールインしてないわよ」

「だからさ、近づいて県道に来たところで——駅に向かったんだ」

「はあ？」

確かに、コースの横手に駅がある。

「駅には当然、トイレがあるだろう。そこに行くふりをしたり、口に出したりすれば、無理やり止められることもないだろう」

それはそうだ。しかし――、

「何のために？」

「駅には大事なものがある。コインロッカーに入れた――荷物だ」

「ええ？」

五里霧中である。父は、まだ分からないのか――というように、

「ダッフィーちゃんだよ」

9

「荷物を出し、電車の都合がよければ電車、あるいは直接、駅前のタクシーで実家に行く。――お姉さんたちは、ショッピングモールに行っている。しかし身内だから、鍵を持っている。玄関にでもダッフィーちゃんを置き、急いでトンボ返りすれば丁度、一時間ぐらいで帰れるだろう。――元の黄色のゼッケン姿で、コースに戻る。ゴールインして、皆に迎えられる。――《十キロの記録》プラス《実家への行き帰り》で、《ハーフマラソンの記録》になる」

開いた口がふさがらない。

「あり得ない……」

父は、かまわず続ける。

「前日の日曜日、丸山氏はお前に——《受付に行ってくれ》と頼んだ。《はずせない用がある》といったんだな。無論、何か仕事があったのかも知れない。しかし、《ダッフィーちゃんを買いに行った》——というのは、どうだい、ありそうな話じゃないか？」

「それは……そうね」

「泊めてくれという電話をした時、《ダッフィーちゃんがほしい》という、ちびちゃんの声を聞いてるんだ。お世話になるお礼兼手みやげに、それを持って行くのは自然だろう。——北関東から千葉のディズニーシーまでは、簡単に行けないからな」

色々なピースが嵌《は》まって、ひとつの絵が出来るのを見るようだった。——しかし、まだ釈然としない。

「だったら、行ったらすぐ、お姉さんに渡せばいいじゃないの」

「そのつもりだったんだろう。しかし、話しているうちに《サンタさん》をしてやりたくなったんだろう」

「あ……」

実家の応接間で、何かをいいかけて止めた丸山の表情が、美希の頭をふとよぎった。

「神の恵みか、使われなくなった《十キロのゼッケン》が手の中にある。——ここから先は完全な当て推量だが、あれこれ話しているうち、姪御さんに——というより、お姉さんに《サンタさん》を見せてやりたくなったんじゃないかな。一つの《奇跡》をね。——その辺の深層心理は、丸山氏がどういう子供時代を送ったか、今の実家の様子がどうか分からないから、何ともいえないけどね」

「…………」

「《明日、開けてね。サンタさんより》とか何とか書いて、置いて来たんじゃないかな」

あまりにもメルヘンだ。

「大人が、そんなの……信じるわけないじゃん」

「そりゃあ、当たり前だ。誰の字かは見りゃ分かる。それ以前に状況から考えて、持って来たのは丸山氏しかいない。——何より、百パーセント分からなかったら不審物だ。警察に届けられてしまう。その辺は、茶目っ気の範囲だろう。——お姉さんから、《どうして、あんなことしたの》という電話がある。《今年は、サンタさんからのプレゼントだと信じといてくれよ。——俺は、マラソンやってたんだからな》と答える」

父は、柔らかな目になり、

「その丸山氏というのは、茶目っ気のある人なのか」

美希は、ぶるぶると首を振った。

「——全然」

それどころか、子供時代があり、姉と一緒にクリスマスを楽しんでいた——ということさえ考えられない。ひたすら現実的な人間だと思っていた。

だがあの丸山さえ、そして誰もが、腰を曲げた海老のように、固い殻の下に何かを隠しているのだろうか。

サッシ窓の向こうは、黒い紙を貼ったように暗くなっていた。その時、門の方で車の音がした。

「お母さんが帰って来たぞ」

父は顔を上げ、嬉しそうにいった。

「――ミコと三人で、新しい年が迎えられる。まあ、お父さんには、これが何よりのプレゼントだな」

謎の献本

1

会社の机が新しくなる。百合原ゆかりがいう。

「二十一世紀のオフィスになりますよお」

新世紀になって久しいが、そういわれると確かに、今までの机は昔の職員室めいていた。先輩の言葉を、

「はあ」

と受けつつ、田川美希は思う。

——なるようになるもんだね。

恐怖を感じるほど、あれやこれやに埋もれていたゆかりの机だ。引き出しの前まで様々なものが置かれていた。それどころか、隣の机とのわずかな隙間にまで、紙封筒の類いが突き刺されていた。どうやって移動するのか——と、ひと事ながら、頭がくらくらした。

ところが、のんびりしているようで直面する課題をそつなくこなしてしまうゆかりで

ある。驚くほど短時間で、段ボール箱への詰め込みを終えていた。

机の交換は、各階ごとに行われる。部署によって忙しい時期が違う。それに配慮した日にちが割り振られていた。美希たちはといえば、校了明けの日に、荷物を整理し、机を綺麗にする。

さて美希の机上、目立つところに国岡学《くにおかまなぶ》先生の新刊が置いてあった。中国古代を舞台とする大作だ。『小説文宝』連載。美希が担当している。

出たばかりの第七巻。開けば、

――田川美希様　国岡学

と書かれている。

先生は一年前、美希が新担当になった時、この本の六巻に、同じように署名をして渡してくださった。

美希は、引き出しのひとつに大事な本を入れていた。そこに、いただいた六巻を入れておいた。

そう思って、引き出しを見た。

2

夕食は、ゆかりと一緒にオムライスの店に行った。

「この《お徳用ダブル》ってやつがいいね」

ワンプレートに、メニューから二つの品が選べる。

「オムライスに……ハンバーグとか」

「そうだね」

「オムライスにオムライスって頼んだら、どうなるんでしょう」

「そりゃあ単なる――オムライスの大盛りだね」

「なるほど」

結局、プラスワンを、カニクリームコロッケにした。それにシーザーサラダを頼んで、二人で食べることにした。

「そろそろ、新人の来る春ですねえ」

「うん」

「百合原さんは、会社説明会にも出てましたよねえ」

「やむなくね」

各部署から、誰かが出なければいけない。

「どんな感じです」

「説明会だから面接じゃあない。眉吊り上げなくてもいいんだけどさ、やっぱり学生たち気合入れてるよ。――誰がチェックしてるわけでもないのにねえ」

「されてるような気になりますよ」

「まあね」

来たサラダを美希が分けた。《ありがとう》と、ゆかりが受け取り、

「前列は全部、女子が占めててさ、《質問ありますか？》っていわれると、さっと一斉に手を上げる」

「男は鈍いですか」

「やっぱりねえ」

「いい質問ありました？」

「うーん、マニュアル通りが多いねえ。同じようなこと聞かれる」

「変わったのは？」

「うーん」カリリとクルトンを嚙みつつ、「……後ろの方にいた男が《今までした、一番大きな失敗は何ですかあ？》って」

学生とは、無礼なものである。

「へええ」美希もレタスを食べながら、「どう答えたんです？」

「にっこり笑って、《小さなミスは幾つかありますが、幸い、取り返しのつかないようなことはまだしておりません》」

「……なるほど」

ゆかりは、ちょっと唇を突き出し、一拍置いて、

「まともに答えるわけないじゃない。――脇で人事が聞いてるんだよ」

「そうですねえ」

「失敗ならさ、入る前からやってるけどね」

「は？」

それはまた、随分と早い。

「我々の時はさ、二次面接の課題が《『文宝』を読んで来るように》――だったんだ」

文宝出版の伝統ある看板雑誌が、『文宝』。社名になっている。

「感想を聞かれるわけですね」

「うん。――試験当日、乗った電車が中央線。ラッシュでね、死ぬ思い。読み返そうとしてもバッグが開けない。体が《くの字》になってる。荻窪まで来たところで、何とか手を入れたら、――それらしきものがない」

「忘れたんですか」

「バッグになければ、うちにあるわけだよ。世間では、これを称して――《忘れた》というようだにゃあ」

「あせりますねえ」

心の動揺を乗せて走る中央線の通勤列車が目に浮かぶ。

「それはね、《キヨスクで売ってるだろう》という考えも頭をよぎったよ。でもさ、生協の本屋で割り引きで買った雑誌だよ。《それを今更、なぜ買い直さなくちゃいけないんだ！》という、運命への激しい怒りにかられてね」

なぜ——って、そりゃあ、自分が忘れたからだろう。

「気持ちは分かります」

まだ、ゆかりも学生だったのだ。

「《バイトの時給に、ほぼ等しいではないかっ》」

そこにオムライス、カニクリームコロッケ付きが来た。

3

「会社に来る途中にも本屋はある。立ち読みして来ようかと思ったんだけど、十時前なんで開いてない。——何より、寄り道して遅刻したら、目も当てられない」

「はい」

「着いたらさ、集団面接と筆記試験のＡＢふたチームに分けるっていうんだよ。《しめたっ》と思ったね」

「どうしてです？」

「先に筆記やれば、面接終わった人の『文宝』が借りられる——かも知れない」

「ああ……」

もしくは、貰えるかも。

「ところがあいにく、面接が先のＡチームに回された」

「……神様は見ていらっしゃるんですねえ」

「なあに？」

「いえいえ」

ゆかりは、さくりとコロッケを切り、

「チーム六人。移動のエレベーターに乗ったら、わたし以外の五人が、一斉に『文宝』を開いた。狭い箱の中に、バッと音が響いたね」

「聞こえるようです」

「会場に入ったら、目の前に『文宝』が置いてある。一瞬、《あ、よかった》と思ったけど、すぐに動物的カンが働いた。《ここで手なんか伸ばしたら、忘れたの丸分かりだ》。そのまま、あわてず騒がず座ってた。男の子が、《あの……あそこに出てた……》なんて、ブツブツいいながら、自分の本、めくってた。そこに試験官が三人入って来た。『文宝』についてのトークになった。――わたしは覚えてるとこだけ、堂々としゃべった」

話の流れが知らない方に行こうとすると、やんわりと、しかし強引に、自分の陣地に引き戻すゆかりの姿が目に浮かぶようだった。

「それで、面接、無事通過したわけですね」

「うん。いやあ、――オムライス、おいしいねえ」

美希も頷きつつ口に運ぶ。しばらく二人とも、もぐもぐしていたが、やがてゆかりが、

「十月に、来年入社の社員を呼んで、《囲む会》があるじゃない。お偉いさんが集まっての顔見せ。――そこでさ、順に何かしゃべれっていわれるでしょう」

「ええ」

「これといったネタもないから、わたし、『文宝』を忘れたことをしゃべったの。合格すればこっちのもの、微笑ましい思い出話だからね。そうしたら、居並ぶ重役連が揃って頭をかかえてるのよ。どうしたのかと思ったら、わたし、話題の新人だったらしいの。《こ、今年は凄い奴がいる。『文宝』を一冊全部、頭に入れ、胸を張って面接に臨んだ末頼もしい奴が》ってね」

「あらら」

「《君、しっかりしてると思ったら、うっかりしてたんだね》といわれた。会が終わった後、社長が寄って来て、わたしの肩をそっと叩いて小声でいった。――《がんばってね》って」

美希はサラダの残りもたいらげ、食後にハーブティを頼んだ。

「考えると、……今のって、本がなくなってあせる話……ですよね」

ゆかりが、ちょこんと頷く。美希は続けた。「……わたしも、今、本がなくなって、ちょっとあせってるんです」

「へええ、何の本?」

「国岡先生からのサイン本です」

「どういうこと？」

「いや、机のもの、段ボール箱に詰めたでしょ」

「うん」

「先生には新刊いただいたばかり。その前の巻も、引き継ぎの時に貰ってるんです。大事な本は、引き出しに入れてるんで、そこにある筈です。だけど、今日見たら……ないんですよ」

ゆかりは、軽く背筋を伸ばし、

「あら」

「ただの本じゃない。署名があって、わたしの名前が書いてある。なくすわけには行きませんよ」

ゆかりは、ちょっと考え、

「――誰かが借りて、どこかに紛れて、古書店にでも出たら大変だわね。《文宝出版の田川は、担当する先生のサイン本を売りに出したぞ》という――」

美希は、ぶるっと慄え、

「不吉な予言、しないで下さいよ」

ゆかりはジンジャーエールを頼んでいた。そのストローをくわえ、ちゅっと吸い、

「世の中、何があるか分からないからねえ。しっかり者が、うっかり者に転落するのは簡単よ」

4

などと話していた時は、まだそれほど深刻ではなかった。

——会社になければ、マンションの自分の部屋にあるに決まっている。本棚かベッドの周りを見渡せば、すぐ見つかる。

と、思っていた。

帰った時には忘れていたほどだ。横になり、いざ寝ようとしたところで思い出した。スタンドライトを点け、頭を上げ、ぐるりを見回したが——ない。起きて、本格的に探し出したが、それでも出て来ないのだ。

——おかしいぞ。

読んだのは、この部屋と通勤電車の中と会社で、だ。電車に置き忘れるわけもない。

——読み終えたのは、自分の机で原稿待ちをしている時だった。

ところが会社にある私物は、昨日、一々チェックしながら、箱詰めした。なかったのは確かだ。

出社すると、机の交換は業者の手ですんでいた。各自の机上に、名前を記した段ボール箱が積まれている。いつものフロアと、感じが違う。

「白いですねー」

と、ゆかりが、アニメの子役のような声を出しながら、新しい机の上を撫でている。

「しかし、色がどうだろうと机は机ですよ。入れ替わったところで、特別、メリットもないでしょう」

ゆかりは首を振り、

「いやいや、田川ちゃん、これのね、――ここがセパレーツになってるでしょ」

机と、脇の引き出し部分が離れるようになっている。巨大な豆腐の端、四分の一を切ったようだ。

「別に、どうってことありませんよ。くっつけて使うんだから、同じことでしょ」

ゆかりは、右手の人差し指を《ちっちっ》と振り、

「個人のものならそうだよ。分割出来ようが出来まいが関係ない。でもね、ほら、もうすぐ――人事異動でしょ」

「ええ」

「四月一日には、動く人も出て来る」

「はい」

「その時はさ、こっちの――引き出し部分だけ、ごろごろ押して行けばすむ」

「あ、そうか」

美希自身、一年前に経験したことだ。荷物を幾つもの段ボール箱に詰め、次の部署に移動する。なかなか大変だ。

特に、細かいものがあって面倒なのが、引き出しの中身だ。

それを丸ごとエレベーターまで転がして移動出来るなら、心身ともに、まことに楽だ。引き出しには鍵のかかる部分もある。その鍵交換の必要も、なくなるわけだ。

「《私の机》っていっても、その実態は――」と、引き出しを軽く叩き、「《机》より、こっちでしょ」

「……そうですねえ」

見方をちょっと変えると、新しい局面が見えて来る。

「何だか、田川ちゃん、ご機嫌斜めみたい。――あ、ひょっとして、本がなかった？」

図星を指されてしまった。

「ご明察」

「そりゃあ、気になるわねえ」

「お見通しついでに、どこにあるのか当てて下さいよ」

美希はそういって、ゆかりを軽く拝んだ。

「うーん。机の前の本棚に置いといて、それが揺らいで領海侵犯。わたしの方に滑って来た。――というのは駄目よ。だって、わたしの山の方が、高いんだから。こっちからそっちに崩れることはあっても、その逆はない。これ物理学。水は低きに流れる」

「そうか……」

「紛れるとしたら、両脇の二人の机だけれど、――そんなこともなさそうねえ」

美希の左右の机は、ゆかりのそれと違い、熱帯雨林のようになってはいない。それでなくても、全員、机の整理をしたところだ。余計なものがあったら、気づくのではないか。

「えーん、困ったよう、気になるよう」

「ま、泣きながらでいいから、箱から仕事のもの出して、整理整頓。——美しい机が、美しい仕事を生む」

《あんたにいわれたくない》と思う余裕もない美希であった。

5

昼は揃って近くのホテルのラウンジに行くことにした。廊下で『別冊文宝』の編集者、八島和歌子《やしまわかこ》と一緒になり、三人で出掛ける。

和歌子はゆかりと同期。膝丈のワンピースに、ちょっとコートを引っかけ、首にトルコブルーのストールをぐるぐる巻いている。子供の頃からの『ドラえもん』ファンで、それに関する豆知識ならいくらでも知っている。こんな人まで揃えている。要するに、文宝出版は人材豊富なのだ。

うららかな光の中を歩きながら、和歌子が、

「——《ジャイアン》て、いるでしょう?」

「ええ」

音痴で大柄ないじめっ子だ。《おーれはジャイアン、がき大将ー》と歌う。日本全国で、広く知られたキャラクターの一人だろう。

「彼の名字、知ってる？」

「えーと」

子供の頃には答えられたかも知れない。だが三十近くなった今では、とっさに出て来ない。

「安西《あんざい》よ。それが《あんじゃい》になり、《じゃいあん》になった」

「へえー」

美希が感心すると、

「——というと、まことしやかでしょう。今朝、コーヒーをアメリカンで飲んでる時、ふわっと浮かんだの。勿論、異端邪説だけどね、でも思いついたら、誰かにいってみたくなる」

「……嘘なんですか」

和歌子は、首をちょっと傾け、

「そういうと聞こえが悪いけど、まあ、事実ではない。何しろ——ジャイアンは《ごうだたけし》だからね」

「はああ。……でも、安西説も、ちょっと魅力的ですね」

和歌子は、にっこりし、

「逆にいうとね、――事実で説明出来るものって、すっきりはするけど、可能性の翼をたたませるところがある。解釈の冒険って、いかにも人間らしいじゃない」

――ジャイアンから、こんな結論になるのが八島さんらしい。

と、美希は思う。和歌子は、すらりと背の高い知的な人である。

ゆかりが、

「《ごうだたけし》って漢字で書ける?」

「――勿論」

ファンなら当然のことだろう。知らなければ、選択肢にされても難しい。美希は、昨日のゆかりの話を思い出し、

「入社試験に出たら、ラッキーでしたね」

「そうね」

「お二人は、試験の時、互いに気付いていたんですか?」

ゆかりが答える。

「集団面接はチームが違ってたんだ。最後の個人面接ですれ違ったよね」

「そうだったわね」

「三人ずつ控室に入る。八島がわたしたちの前で、丁度、出て来たところだったの。藁にもすがる気で《何、聞かれました?》っていったら、にこっと微笑み《まず、――こ

の部屋をどう思いますか？――って聞かれたわ。妙にシンプルで意外性があるから、あれ、きっと、皆に聞いてるんじゃないかしら》といい残して、さわやかに出て行った。その感じが、とっても頭よさそうでねえ。《こ、この人には、かなわない》と、びびったわ」

「はああ」

「びびってるうちに呼ばれてしまった。中に入って椅子に座ったら、――《この部屋をどう思いますか？》」

「本当に、そうなったんですね」

「《うわっ》とパニック。《し、しまった。聞いてたのにーっ。こ、心構えをしていなかったーっ！》」

「……で、どう答えたんです？」

ゆかりは、肩をすくめ、

「――《ひ、広いですね》」

6

ホテルに着き、美希はカレー、ゆかりと和歌子はパスタを頼んだ。

和歌子が、手帳に《ごうだたけし》の正しい書き方を記して見せてくれた。

――剛田武

「難しいー」

《たけし》だけでも《剛》《猛》《健》など、さまざまに考えられる。迷い出すと、全てがそれらしく思えて来る。

ゆかりが、ふと遠い目になり、

「高校の国語の授業で、記憶に残ってることがある」

「何です？」

「先生がいった。――慶応の小論文で、福沢ユ吉のことを書かなくちゃいけない局面になったとする」

「はい」

「だけど人間、そういう時に限って《ユ吉》の《ユ》が浮かばなくなったりする」

「ありそうですね」

「考え出すと袋小路に入る。絶体絶命。《論吉》なんて書いたら、それだけで落とされそうだ」

「うわあ」

「人間の力量というのは、まさにそういう状況で試される。――あわてることはない。慶応なればこその手がある」

「どうするんです？」

「《福沢先生》——と書けばいいんだ」

なるほど、この人にこの師ありと思う美希であった。

パスタが来た。

和歌子は、あっさりしているけれどトウガラシがちょっとだけピリピリするペペロンチーノ。食べながら、誤植の話になった。

和歌子がいう。

「有島武郎がね、《子を持って知る子の恩》て書いたんですって。子供への愛があふれてる」

「なるほど」

「ところが雑誌の校正刷りが来たら、《親の恩》に直されてた」

「ああ、……ありそうですね」

「苦笑して《子の恩》と朱を入れた。ところが、出来上がった雑誌を見たら、また《親の恩》に直されてたんですって」

「それじゃあ、意味ないよ——って、怒っちゃいますね」

《渡る世間に鬼はない》という言葉なら皆が知っている——そういう前提があるから、ひねった題が生まれる。

さて、ゆかりが頼んだのは、クリーム風味がまろやかなカルボナーラ。フォーク片手に身を乗り出し、

「落語に『粗忽の使者』っていうのがある」

美希は、野菜のおいしいカレーを味わいながら、

「何となく聞いたことありそうです」

「ある新聞記者が、落語にからめたコラムを書いて『粗忽の記者』と題をつけた。我ながらセンスがいいぞ、うまいものだ——と、にんまり。ところがね」ちょっと間を置き、

「——出た新聞を見たら『粗忽な記者』になってた」

筆者の、あっと口を開けた顔が見えるようだ。美希は、大きくこっくりをし、

「がっかりですねえ。——『カラマーゾフの兄弟』ならいいけど、『カラマーゾフな兄弟』じゃ、駄目ですからねえ—」

美希がいうと、先輩二人はパスタを運ぶ手を止め、

「それはちょっと違うと思う」

7

誤植の話は、編集者にとって心に刺さる刺《とげ》だ。だが、食後に頼んだアイスクリームをつつきながら和歌子が、

「笑いごとじゃあないけれど、——《転がったロールケーキ》は、ちょっと可愛かったな」

甘みからの連想か、そんなことをいい出した。

「どうしたんですか？」

と、美希が聞く。

「雑誌だと、挿絵が入るでしょう」

「ええ」

「ごくごく稀に、絵の向きを間違えることがある」

いただいた絵の抽象性が高かったり、角度が違っても納得出来てしまう場合には、そんな事件も起こりかねない。これはもう、画家さんに平謝りするしかない。

和歌子が続けて、

「――テーブルの上にお皿、お皿の上に切られたロールケーキ。そういう絵を貰った」

そこで、《さあ、どうなったでしょう》という顔をする。

「……その絵を、横に刷ったんですか」

「いくら何でも、テーブルが横になっていたら、ひと目で分かるわ」

「それはそうですねえ」

「テーブルもお皿も正しい。だけどね、雑誌が出来てみたら、絵の中の――ロールケーキだけが、くるっと逆さになっていたの」

「はあ？」

それはマジックだ。絵に描いた餅、ならぬ絵に描いたロールケーキ――そんな慣用句はないけれど、とにかく、現実のものではない。動くわけがない。

ゆかりが気が付いて、

「……ケーキだけ、別に描いてあったんだ」

「そう。画家さんが、そこを何度か描きなおした。これで決まりというケーキの絵が、切り抜かれてお皿の上に貼られていた――両面テープでね。それが、製版の時にはがれちゃって、《おや、いけない》と逆さに付けられたのね」

「ははあ。……世の中、どんなことでも起こるもんですねえ」

絵の中のものでさえ、動くのだ。

「勿論、《すみません》と謝ったけど、画家さんも雑誌を見ながら、狐につままれたような顔してた」

編集者の研修で、失敗の教材に使えそうだ。アイスクリームも食べ終え、立ち上がったところで和歌子がいった。

「そうそう。あなたにひとつ宿題、出しましょうか」

美希は、《おっ》と身を引き、

「宿題課題は、あんまり、歓迎しませんが」

「そういわないで」

社に戻ったところで、和歌子がゲラ刷りのコピーを持って来た。『別冊文宝』には、巻末エッセーの連載がある。

美希の実家の父も、時に読むらしい。以前、芥川龍之介の悪戯ハガキについて書かれていた——と話していた。それでも分かる通り、よく昔の本が話題になる。文芸出版の老舗にふさわしいコーナーだ。

「今回は、サイン本のこと」

国岡先生の著書がまだ見つからない美希は、内心、ひやりとする。

和歌子は、コピーを渡しながら、

「——途中までだけど、何かおかしなところ、あると思う？」

「それが宿題ですか」

「というか、土日のお楽しみよ」

ありがたく受け取った。一ページ分のゲラの半分ほどがコピーされている。

著者は古書店巡りが好きである。学生時代から半世紀近くやっている。集めてはいないが、たまたま買ったサイン本ならある。中には、誰々様——と、渡す相手の名前が書かれているものもあった。こんな風に話は続いた。そしてコピーは、こういうところで終わっていた。


尾崎一雄が、志賀直哉への献辞を書いた『留女《るめ》』など、手に入ったらそれはそれで面白い。

後が切られているのだから、ポイントはこの一文なのだろう。

ちょっと調べただけで、簡単に結論は出た。しかし、問題としてやさし過ぎるような気がした。かえって落ち着かない。

――うーむ。

《はてな?》ということがあると、中野の実家にいる父に聞くことが多い。父は、高校の国語教師だ。志賀直哉――などというのは、ストライクゾーンではないか。

校了明けの週末だから休みになる。そういえば、しばらく中野に行っていない。もうじき桜も咲くだろう。

――顔を見せて喜ばせてやろうか。

と、思う。父親孝行をし、ついでに意見を聞いてみるのだ。

8

「今年は、花粉であまり苦しまない」

炬燵に座った父親がいう。花粉症なのだ。毎年、春には目をしょぼつかせている。

美希は、台所で紅茶をいれていた。

「よかったじゃない」

と、父の背中にいう。

土曜の、そろそろ夕方という頃だ。日が伸びて来たのが、はっきりと分かる。

「年のせいで、体の反応が鈍くなったのかと思った」

「マイナス思考ねえ」

「そうしたら、今年は花粉の量が少ないようだ」

「そうらしいわよ」

母は台所の椅子に座り、溜まった新聞を読んでいる。紙ゴミに出す前に、一通り目を通しておくのだ。終わったところで食事の支度にかかるという。そうなったら手伝うが、しばらくは休憩タイムだ。

紅茶茶碗とクッキーを、テーブルの母の前に置く。自分たちの分を盆に乗せて、炬燵に運んだ。

そして、《宿題》の話を始める。流れがあるから、まずは前置きとして誤植の話をした。ホテルのラウンジで話したことだ。

こういう話題は父のツボだと思ったが、まさしくそうで、うんうん、と頷きながら聞いてくれた。そこから、和歌子に渡されたコピーの件になる。

「尾崎一雄とは懐かしい名前だな。近頃は聞かなくなった。読んでるか？」

「残念ながら」

「『虫のいろいろ』ぐらいは、読んでおいた方がいいな。傑作だ」

「そうします」

「奥さんが元気だった。その人のことを書いた作品も有名だな。――確か女学校で、バスケットボールをやっていたんだよ」

これには驚く。

「いつの話？」

「勿論、戦前。昭和ひと桁だろう」

美希もバスケットボールをやっていたのだ。大先輩ではないか。父は、元気な奥さんの話を続ける。

「おちびさんの頃、親に《新井白石という人は三歳で、屏風に天下一と書いた》とよくいわれたそうだ。そういう気概を持てということだろう。しかし、子供にうっかりしたことはいえない。襖を張り替えたら、そこに墨黒々と《天下一》と書いてしまった」

「女の子なのに」

「そうだ」

父はにやにやしている。《お前みたいだ》といいたいのだろうか。

それはさておき、

「――『留女』の方は、分かるか」

「分からなかった。調べたら、志賀直哉の最初の短編集なんだね」

「そうだ。普通は中の一作を題にする。だけど、この本は変わってる。『留女』という短編は入っていない」

「へぇえ」

　そこまでは知らなかった。古書店巡りが父の趣味だ。高い初版本などには全く興味がない。しかし、出た当時の形を知るのは意味がある——というので、復刻本を集めている。目ぼしいものは揃っている。『留女』も、すぐに出して来てくれた。

　他にも何やら本の山を抱えている。問題の本は、その一番上に乗っていた。

　開くと、ひらがなで《るめ》と書いてある。

「これ何なの？　——女の人の名前？」

「次を見ると分かる」

　なるほど、《最初の著書を祖母上に捧ぐ》となっていた。

「おばあさんなんだ」

　渋い布張りの、地味な本である。

「さて、そこでミコはどう考えた」

「《何か間違いがあるか》っていう宿題だから、普通に考えたら答えは出てるよね」

「というと？」

「『留女』は志賀の著書でしょう。となれば、この文章は名前を取り違えている。《志賀直哉が、尾崎一雄への献辞を書いた『留女』》にならないとおかしい」

「校正者としては、そうチェックする——か」

「それが、当たり前だよねえ」

「うむうむ。——しかし、そこで推理が働くわけだ。その前に出ていたのが、《子を持って知る子の恩》や《粗忽の記者》の話なんだろう」

「そうなのよ。常識で直したら間違う——という流れじゃない」

「その推理は妥当だな。——お父さんもそう思う」

「だとしたら、この文章は正しいのか。……だけど、著者でもない人が献辞を書いて、その本を著者自身に渡すなんて、あり得ないでしょ？」

「まあなあ」

「だとしたら、《そんな、あり得ない本があったら面白い》ということなのか。でも、それも無理っぽいよね」

「そこで、どう考える？」

「可能性としてはね、——尾崎一雄にも『留女』という本があった」

「ほう」

「志賀直哉は尾崎一雄の先生なんだよね」

「そうなるな」

「敬愛する先生の、第一短編集の題を自分の本にいただいた。それなら、献辞を書いてもおかしくない。——仮にね、芥川龍之介にも『吾輩は猫である』という本があって、それを夏目漱石に献じていたらどう？　——《面白い》でしょ」

父は、紅茶を啜りながら、

「面白いけどなあ、説得力あると思うか」

美希は、惜しげもなく首を振り、

「ないところが弱いよね」

「いくら何でも、自分の本に、先生のおばあさんの名前はつけないだろう」

「そうだよねえ」

父はそこで、『留女』と一緒に持って来ていた小さな本を出して見せた。カバーがあったにしても取れている。いかにも古めかしい本だ。

「お父さんが学生時代に神保町で買った。答えは——そこに書いてある」

9

「ひえー」

「どうした」

「いきなり答え？　——何かヒントが貰えるかと思ったけど」

「答えじゃ不満か」

美希は頭を下げ、

「とんでもないことでございます」

本は、尾崎一雄の『わが生活・わが文学』。昭和三十年、池田書店から出されたものだ。

「まず、太宰のことが書いてあるだろう?」

目次を見せる。最初に『太宰君の場合』という文章が載っている。

「うん」

「だから買ったんだ。——そこもいいんだが、読んで行くと『古本回顧談』というのが、実に面白かった」

「はあはあ」

「尾崎は、早稲田の学生だった頃から、古本を集めるのが趣味だった」

「お父さんみたい」

「似てはいるけど、時代が違うからな。お父さんだと、文学史上の名作は復刻本で買った。詩集なんか特に、どういう活字の置かれ方をしていたかが大事なんだ。ところが、尾崎の頃は店に《本物》が出ていた。——萩原朔太郎の『月に吠える』や日夏耿之介の『転身の頌』なんかの話が、いやもう実に面白い。——しかしな、今回は特別、お前だけに、よりくわしい説明をしてやろう」

「何だか、詐欺師のする《うまい話》みたいね」

揉み手でもしそうな口調だ。

「いやいや、だましはしない。この『古本回顧談』というのは、アンソロジーなんかにも採られる文章なんだが、例えば……」

と、父はページのあるところを指でさし、

「《この店の若い（当時）番頭に、うまいことを言って秘蔵の「国学者伝記集成」を捲き上げられた覚えがある》と、書いてある。古書店の店員にしてやられたわけだが——《うまいことを》だなんて、一体全体、どんなことをいわれたのか気にならないか」

「そういわれればねえ」

気になるように仕向けられているのだ。

「これより、はるか前、昭和十五年に、尾崎は『猿の腰掛』という第一随筆集を出している。そこに『初版本の思ひ出』という文章を収めている。さすがに、こいつは持っていないんだが、——幸い『尾崎一雄全集』で読める。同じことが書いてあるんだが、鮮明な部分もある」

と、それを出す。ドラえもんのポケットがあるようだ。

「ここだここだ。——《『国学者伝記集成』（全一冊）と云ふのが、本屋への売値三十円位のとき、やつて来た某店の番頭に「これは近く増補新版が出ます」とかつがれ、十円かで売つて了つた》」

「ああ、なるほど……」

「新版が出て古本の値が下がるというのは、普通にある。お父さんもついこの間、買おうかどうしようか迷っていた岩波文庫が再版され、万歳したことがある」

「この番頭さんは、尾崎をだましたわけ？」

「分からない。実際、新版が出るというニュースが流れたのかも知れないから、簡単にはいえない。――もっと面白いのは、『白樺』を買う時の話だ」

「雑誌だよね」

「そうだ。白樺派という名前は、ここから来ている。『古本回顧談』ではあっさり書かれているが、『初版本の思ひ出』では時代も近いせいか、実に生き生きと書かれている。これがいいんだな」


或時、たうとう私は、エドモン・ダンテスのやうに、一大宝庫を捜しあてたのである。あれは学院の三年生の頃だつたか、或日、例によつて、戸塚の大観堂書店にふらりと入つて行くと、もとより顔なじみの主人北原氏が、「どうです、何かみつかりましたか」などと云ふ。あの店が現在の位置の筋向ひ辺にあつた頃で、「いやア」とかなんとか云ひ乍ら私がふと見ると、「白樺」が横の方にガサばつて積んである。雑誌「白樺」が廃刊になつて間もない頃で、大揃ひ百五十冊位だつたらうか、神田に一揃ひ、本郷に一揃ひ出てゐるのを私は知つてゐたのである。どちらも五十円と云ふことで、あれを四十円で買つてやらうと私はかねがね狙つてゐたわけだ。

「白樺があるね」

「これですか、どうもガサばりましてね」

「いくらする」

「三十五円位ならいゝです」と北原氏はブッキラ棒だ。私達の間では、話はブッキラ棒で通じるのである。

「三十五円なら欲しいな、どれ」と一冊とつてみた。第一号である。表紙は見慣れてゐるから平気で手にとつたが、「おや」と思つたのは、その見慣れた表紙に押された印である。丸の中に直哉とある。

「どうだ」

と、父は美希を見た。

「わあ、スリルだねえ。手に汗握っちゃう」

私は胸がドキドキして来た。少しせき込んだ調子で「これ、どこから出たの？」ときくと、「我孫子《あびこ》へ行きましてね、志賀さんからですよ」

あとはきく必要がない。私は店へ飛び上つて、

「たつた今買ふ。一寸こゝを借りて、一通り見る」それから、部屋一つぱいに「白樺」を散らして、片つぱしから見て行つた。あるある。私の予想通り、まぎれもない志賀さんの手で、あつちこつち書き入れがある。「鬼の首をとつた」と私は悦に入つた。

10

「どうだ、いい文章だろう」

父は、自分が書いたように自慢する。

「そうだねえ」

「ところが、これだけ思い入れのあった『白樺』のうち、特に大事な何十冊かと《「都の花」、「國民文學」、「文學界」、「文明」、「花月」、「つくはえ」、「ざんぼあ」（全部大揃ひ）、「ホトトギス」（「猫」の出てゐる分）其他私の大事な雑誌が、一貫目いくらで飛んでしまつた》。手違いで、売り払われてしまった――というんだ」

美希は目を見張った。

「……勿体ない」

「全くだ。タイムマシンでそこに行って、何とかしたいものだよ。特に、志賀直哉の書き込みのある『白樺』なんて、唯一無二のものだ。これが処分されたのが昭和二年春。尾崎は九年経って『初版本の思ひ出』を書き、さらに十八年経って『古本回顧談』を書いた。それだけ、残念な出来事だったんだ」

父はしばらく宙を睨み、我がことのように口惜しそうな顔をした。そして、

「――ところが、さらに年月が流れて昭和四十五年、尾崎は『志賀先生旧蔵『白樺』始

末』という文章を書いている。こちらは全集の十一巻に入っている。――成瀬正勝が、志賀の書き込みのある《『網走まで』『剃刀』『孤児』『彼と六つ上の女』の四作の載つている白樺を合本にしたもの》を入手していたというんだ。尾崎は、それを知り、心の重荷を下ろされた。《私は、志賀直哉旧蔵『白樺』を失くしたことで、日本文学に関して大罪人になつた、と思つた。あれが無事に誰かの手に渡り、大切に保存されてゐるのなら問題は無い。ただ在り場所が変つただけだからいい。しかし、万が一、あれが再製紙にでもされてしまつたらどうしよう――かう考へると居ても立つてもゐられぬ思ひだつた》。分かったのは、所在の一部だが、一部でも残っていたなら、他も残っている可能性はある。そう思えるのは大きな《救ひ》だった。昭和二年には、尾崎はまだ二十代、それがもう七十を越えていた。生きていたから知ることが出来た。――人生、そういうことはあるんだ。何事につけ、《ああそうだったか》と思えることはある。だからさ、ミコ、お前も出来るだけ長生きしてくれよ」

最後は、妙にしみじみとしてしまった。それはともかく、尾崎の学生時代から続く志賀直哉への傾倒ぶりが、よく分かった。

「尾崎は、志賀のところに出入りもしていたんでしょう？」

「そうだなあ」

「だったら、サイン入りの著書をもらう機会はある。《尾崎一雄君へ》と書いた『留女』なら」

「うん」

「だけどそれは、――普通の話。常識の範囲よねえ」

尾崎一雄が、志賀直哉への献辞を書いた『留女』など、手に入ったらそれはそれで面白い。

これは、どういうことか。父が『古本回顧談』の一節を示した。


志賀直哉先生の「留女《るめ》」である。これは、五六冊持つてゐた。そのうち一冊は、先生に贈呈した。先生のところに一冊も無くなつたとのことで、「君は何冊か持つてゐるさうだから――」と言はれたので、一番美しいのに、謹呈志賀直哉先生、尾崎一雄と署名してお贈りした。もう二十何年前のことである。つい先日、吉岡達夫君の言ふところでは、未だその本が先生のところにあるさうだ。ああいふ署名がしてあつては、仮りに先生の方で、やらうと言はれても、もらふ方は二の足を踏むだらう。そこが私の狙ひである。


「ああ……」

《著者の方がサイン本を貰う》というあり得ないことが起こっていた。

「『初版本の思ひ出』によれば、実は尾崎は、《二冊差上げ》ている。で、さらに昭和二十三年に書かれた『盛夏抄――志賀先生の本のこと・その他――』という文章が、全集の十巻に収められている。それを読むと、志賀に渡したのが《最も綺麗なのと、第三番目の》であることが分かる。リアルじゃないか。どうだい、――薄皮を剝ぐように細かいところまで見えて来る」

「そうねえ。『留女』コレクションのうち、一番はまず先生に差し上げる」

それが無私の愛だろう。親は子供に、一番おいしいものをやりたい。

「――大事な本なのだから、二番目は手元に置きたい。これも分かる。そして、もう一冊を先生に――というわけだ。その、より綺麗な方に異例の署名をしたんだな。志賀に二冊渡したのも、一冊をこうしたいための心理的伏線かも知れない」

美希は、大きく頷いた。

「先生の書架に本の形になって、ずっといたい……という敬愛の念ね。それがそうさせたのね」

父も頷き、

「世にサイン本は数あるが、こういう例は稀だろう」

そこで、父は和歌子のよこした《問題》の紙を取り上げ、

「――《コピー》は途中までだ。きっと、この先に、今の説明があるんじゃないかな」

結論が出たところで、台所の母が立ち上がった。新聞を読み終えたらしい。

「さあ、じゃあそろそろ支度にかかりましょ。天下一の晩ご飯よ」

美希たちの話が、耳に入っていたらしい。

11

月曜日、和歌子に聞いてみると、まさにその通りだった。

「著者がサインをされるという、意外や意外の話なんだけど――よく、調べたわねえ」

と、感嘆された。

「はい。尾崎一雄のことを、ちょっと図書館で――」

《中野の父》という名の図書館だ。

和歌子の方は、むしろ創造性に満ちた異端邪説を楽しみにしていたのかも知れない。

さて、解けたサイン本の謎なら、実はもうひとつある。実家を出る時、父がいったのだ。

「国岡さんの新刊、出たようだな」

「ええ」

「また、持って来てくれよ」

「また……?」

聞き返したところで、すっと思い出した。父は国岡先生の本を、文庫で五巻まで読んでいた。新刊が文庫になるまでには、時間がかかる。そこで去年、美希は読み終えた六巻を、父に渡していたのだ。

会社とマンション——という捜索範囲にとらわれ、実家がエアポケットに入っていた。中野に来ると、いろいろな謎が解ける。

茶の痕跡

1

雑誌を作っていると、定期購読してくださる方々の存在が、本当にありがたい。お一人お一人、手を握って御礼申し上げたくなる。

そういう方々からのお便りも届く。開けて読むのは、田川美希の役目だ。

――ずっと購入していた近くの書店が閉店したため、直販の購読に切り替えた。

という声もあった。

書店の減少は、美希にとっても胸の痛むところだ。しかし続けて、

『小説文宝』が届くと、またひと月、経ったかと思います。おかげさまで買い忘れることもありません。子供の頃、学習雑誌をとっていました。町の本屋さんが、うちまで届けてくれました。その日には、小学校からとぶように帰ったものです。

などと書いてあり、心がなごんだ。

手書きのお便りであり、メールにはない味がある。六十五歳だという。こういう方の手紙には、時に文中や文末に年齢が記してあったりする。半世紀以上前、ランドセルをカタカタ揺らし、うちに急いだのだろう。きっと、まだ多くのうちにテレビがない頃だ。雑誌が少ない娯楽のひとつだったのだ。

美希には、遠い昔に思える。だが、そういう人でも、最高齢の方に比べると赤ちゃんどころではない。

飛び抜けているのが、大正生まれ。何と百歳近い。定期購読者のうち、最も年上なのが、この方だろう。

几帳面な文字で綴られ、文面もしっかりしていた。

有り体《ありてい》に申しますと、近年は表紙とグラビアと目次を眺め、後はあちらこちら拾い読みする程度になってしまいました。しかしながら、購読も五十年を越えますと、それが人生の一部となっております。

わたくしも戦前は配達員として、村々に本を届けておりました。届けた先の方に喜ばれ、お茶の一杯も飲んでいきなさいといわれることもありました。お届けくださる方の心も共に受け取る思いで、毎月の配達を楽しみにいたしております。

「編集長っ」

丸山の前にその手紙を出す。今日の丸山は、黒いハイネックの、首周りの温かそうなセーターだ。

「……ん？」

不機嫌そうな声が返って来た。

「この人、面白いですよ」

面白い——も失礼だが、実際、そう思ったのだ。

百歳近いのに、定期購読してくださっている。それだけでなく、過去にご自分が本を届けていた——というのが興味深い。丸山は、文面に目を通し始める。

「老眼の度が進むと、活字を読むのもつらくなるでしょう。それなのにまだ、とっていただいてるとは、本当にありがたい……」

いいかけているのに、丸山は封筒の裏を見て、

「茨城か——」

「はい」

「行ってみるか？」

「ほ？」

唐突だ。

丸山は眼鏡の奥の目を細めて、美希を見つめる。眼鏡のつるには赤い線が入っている。このところ、銀縁、黒縁やこれと、毎週、眼鏡を替えている丸山だ。

――気分転換だ。

というが、周りはどう受け止めていいか、とまどっている。

「いや、今ちょうど、来期の定期購読御礼の品を考えていたんだ」

購読者には、喜んでいただけるようなプレゼントをする。

「はあ」

「絵ハガキにするか、手拭にするか、世界一周旅行にするか」

「それは無理ですね」

丸山は、かまわず続ける。

「いずれにしても、購読案内のページは作る。――使えるかどうか分からないが、取材しておいたらどうだ。七十にしたって古稀――人生七十古来稀なりだ」

「今は、七十ぐらい普通ですよ」

「だからさ、その上を行く方が読者にいるというのはめでたい、めでたい。『小説文宝』を読めば、ご長寿間違いなし」

「原因と結果が変ですよ」

とにかく、いいたいことはよく分かった。仮に使えるのが数行のコメントにしろ、そういう方がいらっしゃる――というのは、読者の目を引きそうだ。

茨城といっても北や東ではない。東京から楽に行けるところだった。美希の方も、校了明けで、しかも入れておいた予定がひとつキャンセルになっていた。

——行ってみるか。

その時は、まさか、殺人事件の話を聞くことになるとは、思ってもみなかった美希である。

2

亀山太四郎《かめやまたしろう》という方だった。

書いてあるのは住所だけだったが、番号調べで簡単に電話が分かった。かけるとすぐに当人が出た。

「はいっ。やあ、『小説文宝』の方ですか。——こりゃ驚いたな」

と耳も確かだし、声も明瞭。

ひょっとしたら、机で前かがみになり、《うー》となっている丸山より元気かも知れない。

「よろしかったら、少しだけ、お話を聞かせていただきたいのですが」

「どうぞどうぞ」

話が長くなるのでは——と、ちょっと恐れた。

二日後の指定された時刻に着くよう、常磐線で亀山家に向かった。

冬の初めで、暗い空にイチョウやカエデが色を添えていた。木といえば松でも生えている旧家を想像した美希だが、住宅地にある普通の家だった。

　ソファのある応接間に通された。お盆に、湯気の立つ茶碗をのせて出してくれた。

「お一人ですか」

「はい。息子や孫は、東京におります」

　これだけ年長の方に、お茶出しをしてもらうのは申し訳ない。菓子鉢に、大福も用意してあった。

　亀山さんは七十代といっても通りそうな人だった。小柄だが、骨太のしっかりした体つきだ。

　レアチーズケーキのような色のポロシャツに、紺のベストを着ている。それをチョッキともいいたくなるお年だが、しかし元気だ。頭は、すすきの綿毛のような髪が残るばかりだが、肌の色艶がいい。頰など、風の中を走ってきた子供のように赤い。

『小説文宝』を読み始めたきっかけ、好きな作家などについて聞く。

　年齢を考え、あまり長時間いるつもりはなかった。後は世間話っぽく、

「戦前は、本をお届けになっていたとか？」

「はいっ。わたくしは農家の四男でありまして、幸いにも、《郵便局に来ないか》というお声をかけていただきました」

「それで、配達員に――」

「はい」

「いつ頃のことですか」

亀山さんは、半眼になり、

「昭和の……ひと桁でしたなあ。それから内勤になり、あちこちの郵便局長を拝命して、勤めを終えました」

美希は、時の流れの上流を探ろうと、

「配達の時は、村々を回るということでしたが、――大変でしたか」

「自転車がありましたので、さほどのことはありません。ただ最初のうちは道を覚えるのに苦労いたしました。今のような地図がありませんでしたからねえ」

「あ。地図なら、郵便局に置いてあるんじゃないんですか？」

「ありませんでしたなあ。後から知ったのですが、参謀本部の地図というのがあったようです。しかし、勤め始めた頃は、そんなことも知りませんでした」

「経験で、身につけて行くんですね」

「そうです。昔は何でも、体で覚えた」

美希はまた、同じ言葉を繰り返した。

「――大変でしたねえ」

「いやあ、大変というのはわたしより、電報配達員です。いつ仕事があるか分からない。夜の配達もある。そういう時は、自転車に提灯を付けて行ったのですから、まさに隔世の感ですなあ」

「……提灯ですか」

「はい。電報配達の人に聞いた話ですが、大雪の夜に電報が来た。自転車など使えるものではない。地下足袋も重くなる。そこで、――素足で走ったそうです」

これには、心底驚いた。美希だったら、しばらく行ったところで倒れていたろう。足の冷えに噛み付かれ、たちまち体全体を食われてしまう。無念、電報、届かず。

「……凍傷になるでしょう？」

「まあ、――今の人なら無理でしょう。しかし、実際にやったわけです。――江戸時代の貧しい子供は、雪の日にも裸足で歩いたでしょう。足がそのまま、靴のようだった。昔の者は今とは、鍛え方が違うわけです」

「ははあ……」

3

時代の差を実感してしまった。

「わたしが働いていたのは、ここよりずっと奥の、駅でいえば私鉄に乗り換えたもっと先です。その頃は、東京で出た新刊を届けたものです。――わたしの前の人は、月に一回、定期的に届けることが多かった」

「雑誌ですね」

「いや、それが本なんです。昭和の初め頃に出ていた《円本《えんぽん》》という——。お若いから、ご存じないかなあ」

「……話には聞いたことがあります」

出版史上で一章を与えられるような、販売形態だった。

「確か、——改造社とかいうところが始めたんです。大震災の後の不況で、雑誌も本も売れない。そこで、一冊一円の全集を出したんです」

「一円……というと、今のいくらぐらいですか」

「二千円ぐらいですかね。三千円かも知れない。本は普通、それより高かった。何円も出すのはつらい。難しい。しかし、昔の人は文化に対する欲求があった。本を買いたいという気持ちがあったわけです。そこに、一冊一円で、各作家の代表作が揃う——という広告が出たわけです。これが当たった。大当たり」

「はあぁ」

「五十万人、申し込んだそうですよ」

美希は思わず、あんぐり口を開けてしまった。それは、うらやましい。涎《よだれ》が垂れる。夢のような数字だ。

「よく……覚えていらっしゃいますね」

「これがね、若い頃に聞いた数字は、はっきり浮かぶんです。近頃のこととなると、全く頭に残らない」

にこりと笑う。《あなたも、そうなりますよ》と、いわれたような気がする。

「それが、全国津々浦々まで届けられたわけですね」

「そうなんです。なかなか、よく出来てますよ。まず、予約金の一円を改造社に送る。第一回の本が送られて来たら、一円送る。第二回が来たらまた――という風に繋がって行く。そして、最後の本に予約金の分が当てられる――というわけです」

なるほど、と思う美希であった。

「だったら、最後まで続けないと損だ……と思いますね」

「そうですよ。おまけに、途中退会した人には予約金は返さない――と謳ってある。予約金は契約料。最後の一巻は、ただで送るという形です」

それでは、なおさらやめにくい。

「よく出来てますねえ。……それに、お金のことだけじゃない。何てったって、揃え始めて揃わないのって気になるでしょう」

コレクター心理をついている。シリーズのひとつが欠けていたら、穴を埋めたくなるのが人情だ。

「全くです。よく出来ている。――実に、ありがたい」

「は？」

亀山さんは、大福をすすめつつ、

「それはそうでしょう。五十万人が申し込みの振替や為替を送り、それが毎月続く。出版社からは、五十万冊分の郵送料が毎月入る。郵便関係者からしたら、まことにありがたい話です」

「あっ……」

いわれてみたら、その通りだ。

「これが当たったから、あっちでもこっちでも円本を出すという時代になったわけです」

美希は大福を食べつつ、

「……そういわれると、郵便局の陰謀みたいな気もして来ました」

亀山さんはいう。

「昔は、逓信省《ていしんしょう》でしたけれどね」

4

「まあ、そんなわけで、わたしは殺人事件の現場に行き合わせることになったわけです」

美希は、思わず飲みかけたお茶にむせそうになった。

――大丈夫なのか、この人は？

「……何の事件……ですか」

亀山さんは、ちょっとの間、細い目をぱちぱちさせていたが、

「ああ、――どうもすみません。円本のことから、本を届ける話というと、どうしてもあのことを思い出してしまうもので――」

「はい？」

「昭和も初めの頃ですからなあ。かかわりのある人も、もういないでしょう。お話ししても――よろしいかなあ」

飄々《ひょうひょう》とした口ぶりだが、しゃべりたさ全開である。

「……よろしいんじゃないですか」

亀山さんは、大きく頷き、

「わたしの前に配達をしていた人が、内勤の貯金係になっていましてね。その人が、定期的に届けるもののあるうちは、道筋を教えてくれました。中に、印象的な二人組がいたんです。事件にかかわることですから、実名も出しにくい。――仮に一人をA村のAさん。もう一人をB村のBさんとしましょう」

「分かりやすいです」

Z村のZさんまで、二十何人いても識別出来そうだ。

「わたしが勤め出す前のことです。前任の人が配達を始めた頃で、まだ道筋がよく分からなかった。出版社から本の包みが二つ来た。まず、Aさんに届けた。そこで《隣村にも、同じものが来てるんだが、どう行ったらいいでしょう》と聞いた。――郵便局員が

一番最初にいわれることは、信書の秘密を守ることです。厳密にいえば、《Bさんのところにもそれが来ている》というのも、明かすべきではない。しかしまあ、これから届けるための問いかけなので、許してもらえる範疇《はんちゅう》ではないでしょうか」

「何というか、……自然な流れだとは思います」

「これが、円本だったわけです。田舎で、あまり本を読む人がいなかった。Aさんは、近隣に同好の士がいたと喜んだ。そして、いった。《B村だったら分かります。案内しましょう》。そういわれても、並んではいけない。配達員は自転車です。道筋を聞いて、先を急ぐことにした」

「はい」

「しかし、Aさんは残念そうだ。《同じ本を買っているんですよ。話してみたいなあ、その人と》といわれたから、Bさんの名前と住所を教えてしまった。――まずいにはまずいが、親切に道を教えてくれたわけだし、自分の方は《案内します》というのを、いわば置いてきぼりにするわけです。それぐらいは、いってあげたくなる」

「情報を残して、先行したわけですね」

「暑い夏の日だったといいます」

遠い昔の田舎道を、Aさんは、てくてくとB村に向かったのだろう。乾いた道に影を落とし、歩いて行く姿が見えるようだ。

「そこで、事件ですか」

「いや」

と、亀山さんは首を振る。

5

「二人は、意気投合したようです。――それから、互いに往来して、本の話を続けたようですから」

読んだ感想を語りたくなる、ということは、あるだろう。現代なら、ブログに書いたりツイッターでつぶやいたり出来る。そんなことが不可能だった昔だ。同じ本を購読している者を見つけたのは、嬉しいことだろう。

「だったら、……問題ないじゃありませんか」

「ところが、私が着任して、本を届けたある日のことでした。これも夏でしたね。道筋からいって、まずA村に行った。Aさんは留守のようでした。郵便受けに本を入れて、B村に向かいました。田圃の緑が綺麗でしたねえ。Bさんのうちについて、自転車を停めたら、左手の庭の方からAさんが顔を出した。《こちらに来ていたのか》と思いました。でもすぐに気が付きました。表情が尋常でない。目や鼻の位置がずれたかのような、おかしな感じです。《どうかしたんですか？》というと、《ぼ、僕のせいじゃないっ》と叫ぶんです。怖いのがほとんど、でも好奇心もありました。一体全体、何があったのか」

亀山さんは、そこで喉をうるおし、

「――近づくと、まあ、あんな顔を見たのは初めてです。血の気がない、といいますが、本当にそんな風でした。夏だから、汗をかくのは当たり前ですが、暑さのせいだけではない、変な汗が額から頰の辺りにだらだらと流れているのです。その肩越しに庭を見て驚きました。うるさかった蟬の声が、一気に消えました。小さい庭でした。そこに――紐の束を投げたような、妙にねじれた格好でBさんが倒れていたのです。はだけた着物の裾から足がはみ出て、まるで踊っているような形です。しかし、もう動いたりしない。夏だというのに、凍ったようにそのままでいる。《どうしたんですか》と聞くと、《揉み合いになった。障子が開いていたから、そのまま縁側に出た。向こうの力が強いから、首を絞め上げられるような形になり、苦しくて思わず突いたら、よろけて庭に落ちた。のけぞるような格好で後ろに倒れた。その頭のところに庭石の角があった》」

「要するに、喧嘩の末に倒れて、打ち所が悪かったというわけですね」

「そういうことです」

「しかし、……お幾つかは分かりませんが、二人とも大人でしょう。何が原因で、そんなことになったんです」

「わたしも聞きましたよ。Aさんは裸足だったんですが、そのまま縁側から上がって、一冊の――本を持って来ました」

「本？」

「はい。先程も話に出た円本のひとつです。『世界文学全集』。その一冊でした。——わたしの方はゲートルに地下足袋ですから、簡単には上がれない。縁側の先で、話を聞きました。Aさんは、本を広げると、《ここだ、ここだ》と示しました。わけが分からない。《何ですか?》というと、《茶の染みだよ》という。よく見ると、紙も少し縮れているようだし、ちょっと黄ばんではいる。《これが、どうしたんです》と聞くと、先程、この部屋で文学談義をしていた。ある作家のことになり、『全集』の一冊を抜き出して話し合った。そこで、Bさんがお茶をいれ直してくれた」

客が来ればまずお茶を出すものだ。話が盛り上がって来たので、腰をすえて続けよう、ということになったわけだ。

「——Aさんはいいます。《ところが、話に熱中して手元がおろそかになりました。受け取る茶碗を持った手が揺れて、本を濡らしてしまいました》。そこで、Bさんが怒り出したというんです」

「愛書家だったんですねえ」

「そこで、《君のせいなのだから、本を取り替えてくれ》と、いい出したそうです」

「ああ、なるほど。同じ円本を買っていたから、Aさんのうちにもある、と分かるわけですね。《本で弁償してくれ》……と」

「そうです。Aさんは《そんなことをいわれても、茶碗を渡す方もしっかりしてはいなかった》といいます。何より、その時の非難の仕方にかっとなった。口汚く罵られたそうです」

「頭に血が上ったんですね」

「《売り言葉に買い言葉から揉み合いになり、思わず突いた結果がこれだ》と」

「子供みたいですねえ」

6

年末になり、父親から、

「来てくれないか」

と声がかかった。パソコンのセキュリティ更新の時期になったが、何をどうすればいいのか分からないという。

――しょうがないなあ。

と思いつつも、頼られるのはいいものだ。何かをしてあげられるというのは嬉しい。

中野の実家に行き、頼まれたことをしてやり、母親の料理を手伝った。

やっているうちに、台所の蛍光灯が切れた。母は首をかしげ、

「長時間持つタイプなんだけどねえ」

聞いてみると、美希が就職する前に買ったものだった。

「切れて当然だよ」

カバーをはずすと、二つある輪の一方は、以前から切れていたらしい。今日、二つ目まで駄目になったというわけだ。

閉店間際のホームセンターまで自転車を走らせ、新しいのを買って来た。

美希はバスケットボールをやっていた。長身を利して、交換する。

壁のスイッチを入れると見事に点いた。

「これでよし」

「助かったよ」

「わたしが来た時、切れるなんて、よく分かってるやつだ」

「迷惑かけちゃいけないと思ってるんだねえ」

蒸し鶏やポテトのチーズ焼きなど並べ、ワインも開けた。ちょっと早いクリスマスのような気分になった。

「イブの夜にね、美術の専門家が、うちでくつろいでいた。娘とテレビを観てたんだって。そうしたら、一世紀近くも行方不明になってたある絵が、映画の一場面に映ってた。びっくり仰天の大発見。二束三文で買われて、小道具になってたらしい。――その絵に、今年のオークションで何千万という値段がついたって」

「ほう」

「年の暮れに娘とくつろいでいると、何か発見があるかもよ」

食事の後、父に、この間、聞いた《殺人事件》の話をした。

「といっても、殺意はないわけだ」

「まあ、そうだけど」

「その後、どういう処置になったかは、分からないわけだ」

「そうね。でも、警察もあきれたでしょうね。本の汚れで喧嘩だなんて」

「いやいや。愛書家の本への執着というのは侮れないぞ。火をつけたとか、人まで殺したなんて話は、他にもある」

「そうなの」

「ああ。――そのAさんの執着ぶりも、なかなかのもんじゃないか」

「え？」

と、美希は蜜柑を剝きかけた手をとめる。

「――怒り出したのはBさんだけど」

「そりゃあ、怒るだろう」

「どういうこと？」

父は、首をかしげ、

「ミコは、そのAさんの話を、鵜呑みにするのかい」

美希は、大きな魚が喉にひっかかった鵜のような顔になり、

「は？」

「揉み合いになったんなら、お茶をこぼした以上のことがあったんじゃないか」

「あったかも知れないけど――そんなこと、分かりようがないでしょう？」

「そうかなあ」

　父は掘り炬燵を出て、引っかけていた半纏の裾をひるがえし、書庫の方に行く。そして、一冊の本を持って来た。『本をつくる者の心　造本40年』。

「書いたのは、藤森善貢《ふじもりよしつぐ》さん。発行は――日本エディタースクール出版部だな」

「藤森さんて、何してた人？」

「岩波書店の製作者。『広辞苑』や『日本古典文学大系』の造本にかかわった方だ。その話だけでも面白い。本作りの現場にいらした人ならではの、なるほど――というところが、いくらもある」

「はあ」

「中に《製作余話》というところがある」

　父は、そこを開き、

「――戦前の岩波『露和辞典』が落丁だから、取り替えてくれといって来た人がいた」

「ふうん」

「二十年も前の本だから、同じものの残りはない。そこで、出たばかりの『岩波ロシヤ語辞典』を送った。《特別にお取り代えをする》と書いて」

「文句なしの応対よね」

　父は手を擦り合わせ、美希の顔を見る。

「問題なさそうだろう」

美希は、顔をしかめ、

「昔のままの『露和辞典』でなきゃ嫌だ、とかいわれたの？」

「そういうマニアじゃなかった。非常に感激してくれた」

「よかったじゃない」

「感激のあまり、——朝日新聞に投書した。《岩波書店は、ここまでやってくれる》と」

「うわあ」

「新聞にとっては《ちょっといい話》じゃないか。せちがらい世の中に、心温まる話題だ——とばかり載せてくれた。これが大反響を呼んだ」

「それは怖いわね」

「日本のあちこちから、《二十年たって取り代えてくれるなら、俺の本は十五年でこわれかけている》というような本が送られて来たそうだ」

出版社にとっては、《ちょっといい話》どころではない。

「まさか、そうなるとは読めないよね」

父は、ページに目を落とし、

「こんな話もあるぞ。《ビニール表紙の『岩波基本六法』》に《「斬新な装幀でこわれない本」という新聞批評が出た》。すると、《日本大学の法学部の助手という人から、新聞に本がこわれないと出ているが、こわれるではないかという話があった》。聞いてみたら《二人で引っ張ってみたらこわれたという》」

色々な人がいるものだ。

7

父は、美希を見つめ、

「さて、ここで問題なのは《本の汚れを気にする人》だ」

本題に入るらしい。美希は剝きかけた蜜柑を脇に置いた。

「藤森さんはいう。——戦前からのお得意さんで、本が出来た時、《送りましょうといいうと、いや取りに行くという》人がいる。弁当持ちでやって来る。《十五冊ぐらいを出させて、一ページ一ページを丹念に見て行く。時には、十一時頃から来て夕方までかかって、お気に入りの一冊を選ぶ。それが一つの楽しみのようである》」

「儀式になってるみたいだね」

「我が目で選ばないと、納得出来ないわけだな。これはまあ、了解して本を持って帰るからいい。厄介なのは、《取り代えて欲しい》という人だ」

本の交換——という話題になった。

「ある時、『広辞苑』が返って来た。営業部で見ても、落丁も乱丁もない。そこで辞典部に回って来た。しかし、おかしなところがない。さらに、《一ページ一ページめくりながら注意を払って見ていった。四百ページほどいったところで、ノドの欄外のところに、針の先ほどの汚れがあった。どうもそれで取り代えを希望して来たことがわかった。普通の常識では、取り代える必要のないものである》」

父は、冷えかけた茶を啜り、

「そういった綺麗な本への執着が、我がままな形で現れると――犯罪にもなる」

「ほお」

「昭和三十三年三月、『岩波英和辞典』の新版が出た。総革装のものも作られた。《六月頃だと思うが、革装を買ったが落丁だという》高校生がやって来た。本をしらべてみると、四ページが落丁している。そこで、本の折の構造を説明した。《本というものは、たいがいは十六ページが一折となっている。薄紙では三十二ページが一折となっている。だから、四ページ落丁ということはない》。高校生がいうには、《実はインキをこぼしたので、その四ページをうまく抜いて落丁と見せかけた、ということである》」

「詐欺だわね。確かに犯罪だ。許せない」

「藤森さんは、《こんなことはよくあること》といっている」

「うわあ」

《よくある》のでは、たまらない。

最近は、製本の精度も上がっているから、乱丁落丁ということもほとんど聞かないし、本の交換の話は、編集部にまで上がって来ない。昔はそういうこともあったわけだ。

「《岩波写真文庫》というのを、《落丁だ》といって持って来た人もいたそうだ。ところが、この《岩波写真文庫》は、Ｂ６判六十四ページ。一枚の紙を折って作ってある。だから、落丁になりようがない」

「……あったら奇跡なんだ」

「その人も、ページを汚したんだろう、自分の持ってる本がそうなったら、綺麗なものと替えようとする。——我がままな人間なら、そう考えても、不思議はない。現にこうして、版元までやって来る人がいたんだ」

　何がいいたいのか。

「どういうこと？」

「Ａさんは、本を広げて見せた——といったな」

「うん」

「ということは、閉じてあったように思えてしまう」

「あ……」

「濡らしたばかりの本なら、乾かすために開いてあるんじゃないか」

「それは……いきなり、口喧嘩になったから……」

「本を濡らしたから喧嘩になった——というんだろう。開いてあったから濡れたわけだ。それを閉じてからの喧嘩は、変だろう」

「………」

「本のことが気になるなら、ちり紙に茶を吸い取らせた後、開いて、風を通しておく筈だ。――それに、そのページを見た時の感じが、少し縮んでいたり、黄ばんでいたりというのは、もう乾いているように思えないか」

何がいいたいのか。

「……だとしたら？」

「Aさんが、自分の本を茶で汚した。同じ本がBさんのうちにある。何十冊という全集の、一冊の一ページか二ページだ。今度、そこを開くのは、何年後になるか分からない。すり替えたところで分かるまい」

「そう思って、汚れた本を持って来た……」

「風呂敷か何かに包んでね。話をして、Bさんが立った隙に入れ替えようとした。それを、具合悪く戻って来たBさんにみつかった」

「……Bさんからしたら、手ひどい裏切りね。仲良くしていたのに。文学について語り合える心の友と思っていたのに」

「これだったら、《卑劣漢め。絶交だっ！》となってもおかしくない。それから、Bさんと揉み合いになり、突き落としたのは本当だろう」

美希は、思わず頷いた。納得出来る。一世紀近く前になくなった名画が発見されたように、隠れていた真実が見つかったのかも知れない。

「動転したAさんは、咄嗟に、全く別の作り話も考えられなかった。だから、お茶で汚れた本の話をした。ただ、……自分のプライドを守るために、《汚れたのはBさんの本だ》といったのね」

父は、座椅子に背を預け、頭を軽く掻きながらいった。

「――プライドというのはあるだろうな。格好が悪いからな。しかし、プライドよりもっと守りたいものがあったんじゃないかな」

「というと？」

「《汚れたのはBさんの本だ》といえば、――綺麗な方を、持って帰れるじゃないか」

「……」

父は首を振り、

「執着する人間――というのは、そのこと以外、見えなくなるからなあ」

そして、きらきらと輝く台所の方を見やり、

「話が少し暗くなった。しかしまあ、うちの方は、お前のおかげで、明るい新年を迎えられるよ」

文中に記した以外の参考文献
『内容見本にみる出版昭和史』紀田順一郎（本の雑誌社）
『はい電報です―ある少年配達員の回想―』前橋喜平（ＳＴＥＰ）

数の魔術

1

田川美希は、体育会系の編集者である。

バスケットボールをやっていた。大学で正選手だったのだから、堂々たるものである。

若手美人作家の担当をした時、新刊のサイン会があった。『小説文宝』連載の作品だったから、書籍の担当だけでなく、雑誌編集者の美希も手伝いに行った。

作家さんは、もともと華やかな人で、テレビにも顔を出す。しかも大きな賞を取ったばかりだった。話題性があった。そこで、他社の週刊誌のグラビアに、当日の様子が載った。宣伝になるのは嬉しい。多くの人に、本のことを知ってもらえる。だが、写真のコメントを見て、美希は、

——ん？

と、首をかしげた。

多くの熱狂的ファンが詰め掛け、脇には女性ガードマンが付き、油断なく警戒の目

を……

——そんな人いたっけ？

写真を見直し、問題の人物が誰か分かった。机に向かい、サインした本を前に置き、愛読者に向かって、春の花が開いたような笑みを浮かべている——のは作家さん。その脇に、黒のスーツを着て仁王立ち、眼光鋭く斜め前方を睨んでいるのは——自分ではないか。

——確かめて書け、確かめて——。

あの会場で、

「凄い人気だね」

「見ろよ。プロの警備が付いてるぞ」

などという会話が、交わされていたのかも知れない。人から人に話が伝わるうちに、思い込みが《事実》になってしまう。

——大体、《女性ガードマン》は変だろ。ガードウーマンだ。あたしがそうだったら、こんなこと書く奴、捕まえてやりたいよ。

真実が伝わっていないもどかしさから、先輩の百合原ゆかりに、そのページを見せた。そして、低く絞り出すように、

「……ひどいでしょ。……不確かな報道ですよ。あってはならない……」

ゆかりは、写真と美希を交互に見つつ、

「うーん。――凶悪な表情ね」

2

美希は、体育学部出身。学生時代の知り合いにも、当然、そういう人物が多くなる。

去年の春のことだ。

「おーい」

と、丘の上から呼びかけるような声で電話をかけて来たのは、砲丸投げをやっていた男子。肩幅の広いがっしりした体型で、それに似合った、いかつい声の持ち主だ。

今は、都内の中学で体育の先生になっている。

「新しい学校に移ったら、女子バスケの顧問にされちまった」

「結構じゃないの」

「――だけど、俺さ、――専門じゃないから」

中学高校の運動部の顧問は、その学校にいる先生を割り振る。競技に詳しい者がなるとは、無論、限らない。彼は女子にも、バスケットボールにも、縁のない男だ。

「知ってるよ」

「で、さあ。ものは相談だけど、――体のあいてる時、ちょっと覗きに来てくれないか。

可愛い生徒に、その——適切な助言というやつ、してくれないか」

「おう!」

と、電話なので見えないけれど、身を乗り出す美希。

「どうだ?」

「あんたには興味ないけど、バスケには興味あるんだ」

「だろう?」

「だけどさ、編集者に——《あいてる時》なんてないんだよね」

「駄目かい?」

美希は、首を振りながら、

「……駄目なんだけどさ、好きなことだと、開かない隙間に釘でも、ドライバーでも、バールのようなものでも押し込んで、こじ開けたくなるね」

「そういう奴だと、思っていたよ」

美希は、頷きながら、

「あたしね、バスケ協会公認コーチの資格、取ってるんだ。——自慢じゃないけど」

と、自慢する。

「ふーん」

「もっと感心してよ。——それ取ってると、全国大会でも、ベンチに座れるんだ」

「そこまでの資格は、多分、必要ない」

「――あ、そう」

張り合いのない奴だ。

「だけど、――大事な試合の時、ベンチに入ってくれると心強いな」

というわけで、去年から、その学校に顔を出している。バスケットボールをやっていた美希だけに、アドバイスは適切だ。

生徒の目も、

――この人は本物だ。

という信頼に輝き出す。そうなると、こちらも張り合いがある。

「よーし、来年は地区大会突破だ」

といえば、生徒が、こぶしを挙げて、

「おーっ！」

本腰を入れたところで大切にしたのは、走ること。運動部の基本はそれだと、誰もがいう。当たり前のことは、つまり――本当のことなのだ。

特にバスケは疲れる競技だ。チームの試合を見ていると、リードしているのに、後半で引っ繰り返されることが多い。何といっても、中学女子。要するに、フルに戦う体力がついていないのだ。

ランニングだけでなく、練習の中にも走ることを組み入れ、動ける体を作っていった。

無論、臨時コーチ。毎日、顔を出せるわけではない。土日の、それも限られた時に行って指導する。

先生である元砲丸投げ男子も、美希のやることを見て学び、顧問としての力を付けて来た。

実績があるといえない学校だったが、美希の指導で、確かにレベルアップした。ゴールデンウィーク明けから始まった大会では、順調に勝ち進んでいる。

主力は双子の三年生。チームをよく引っ張ってくれる頑張り屋だ。

箱根駅伝でも、双子の選手が活躍している。しかし、走る——という単純に見える競技でも、タイプは微妙に違うのだろう。双子だからといって、同じように動くわけではない。

美希が指導している姉妹も、一人はゴール下での動きに強く、もう一人は遠くからのシュートに長けている。

二つの違った歯車が嚙み合い、チームという機械がうまく動いていた。

3

——トラちゃんが変身したよ。

という、もっぱらの噂だ。いや、噂ではなく事実である。女性誌に配属されてから、印象が変わった。

トラちゃんとは、虎谷紫苑《とらたにしおん》。年齢は、美希よりちょっと下。元気印の活発な子で、ボーイッシュな感じだった。去年の春まで、週刊誌にいた。

週刊誌というのは、いつ何があるか分からない部署だ。女性も、華のあるファッションから縁遠くなる。今日は一日、会社で原稿書き——と思っていたのに、突然、取材に飛び出して行くこともある。

どこにでも出られるためには、当たり障りのない服装をしているに限る。男なら地味めのスーツ、女ならジャケットを、いつも会社に置いてある。

そのトラちゃんが、女性誌に移って花が開いた。

百合原ゆかりがいった。

「トラちゃんというより、今はトレちゃんかな」

「はい?」

「トレンディのトレちゃん」

髪も長くなり、黒髪からかなり明るめの茶髪になっている。攻めるトラちゃん、カッコイイ感じ、つまり、濃く、強くなった。

こういう事情は、よく分かる。

美希が最初に配属されたのも女性誌なのだ。エレベーターホールで、そのトラちゃんと出会った。昔を懐かしみつつ話した。

「物欲が強くなるでしょ」

「あ、……そうですねえ」

と、トラちゃん。

仕事上、展示会などに行く。ファッションの新作をいち早く目にするようになる。文芸で徹夜になるのは校了間際だが、女性誌だと、日常的に夜の作業が多い。日中は撮影、取材で、つぶれてしまうのだ。その準備や打ち合わせが夜中になる。というわけで飲みに行く時間がない。ストレスの発散は、酒より物でするようになる。

当然のことながら、編集部にいるのはほとんど女性。ファッションに関して、周りの目も意識するようになる。——というわけだ。

美希がいう。

「わたしは女性誌から文芸に来たから、都会から森の中に来たみたいだったわよ。編集部が静かなんで、何だか勝手が違った」

「あー、こっちは、いつも賑やかですね」

基本的に、文芸は《読む》作業が多い。音読している者はいない。いたら、怒られてしまう。来客の場合も、文芸は一階の応接室でやり取りする。

女性誌では、来た人を編集部まで上げる。化粧品などの色合いは、明るいところでないとよく分からないし、広げる資料も多い。部内の打ち合わせや、グループのやり取りも多いから、人がいる時は、ずっと声がしている。エレベーターが来た。二人とも上に行くので、一緒に乗り込む。

「そうそう、流行とは関係なかったけど、《宝くじ》の話、面白かったわよ」

主婦向けのものならともかく、美希の社の女性誌では、あまり取り上げられなかった分野だ。トラちゃんは、そういうところにも切り込んでいた。

「わあ、ありがとうございます。――ファッションやハリウッドスターの話とは、次元が違うけど、あれも《夢》を追う記事ですからね」

なるほど。

まずはお洒落に、海外の宝くじ事情を取り上げた。外国人へのインタビューもある。そこから身近な話題になる。宝くじには、当たりのよく出る売り場――といわれるところがある。東京でいうと「西銀座チャンスセンター」などが有名だ。

トラちゃんは、地元の駅ビルの中に、お客の列の続く売り場を見つけ、そこから《西銀座だけじゃない》という記事を作った。《まだまだあるぞ、夢の窓口！》だ。高額当籤《せん》の出た売り場、ファンのいる売り場を、あれこれ調べて並べた。

美希のような現実派は、

――確率は、どこだって同じじゃん。

と思う。

――当たりが多く出るとしたら、皆がそこに行くからだよ。売上が多くなれば、当籤確率だって増す理屈。意味ないね。

だが、トラちゃんは、

「そこはそれ、宝くじは、わくわく感を買うんですからね。――《夢の窓口》だと、列に《並ぼうかな》と思ったり、並んだ時から、もう楽しみが始まるわけです。当たるかどうか、だけが問題じゃない。だから、同じ値段でも、事実上、お買い得なんですよ」

またまた、なるほど。

4

トラちゃんの記事が載ったのは、春の号だ。面白かったのは、具体的に、

――宝くじおばさん。

というキャラクターを見つけて来たところだ。

地元の人気売り場に並んでいたおばさんと話してみたら、もう三十年も、そこで買い続けているという。トラちゃんは、それを、うまくまとめた。

学生時代から始めて、就職してからはずっと三十枚ずつ買っているという。

勿論、五十枚だって買う人は買う。しかし、おばさんの場合はキャリアが違う。継続は力なり。総計では大変な量になる。誌面が絵として面白くなったのは、最初から、ひとつのデザインにつき一枚ずつ、取ってあったこと。それだけ続けば、人生の節目節目の、色々な出来事と宝くじが繋がり、面白いエピソードもある。

個人史であり世相史でもある、内容のある記事になっていた。

時代の出来事を知らせるコメントと共に、カラーで載った宝くじの図版は、見ているだけで楽しかった。

当たりの最高額は、百万円だった。

「それがあったのが、励みになったわね。資金面でも。——儲けようと思ってるわけじゃない。もう、宝くじは生活の一部よ」

ちょうど担当する小説に宝くじが登場したこともあり、美希は、机の上にそのページを開いて置いておいた。

意外にも、この記事を見て影響を受けたのが、『小説文宝』編集長の丸山だ。丸山の通勤経路に、《夢の窓口！》のひとつが、あったのだ。

「俺は、浮気しないタイプだからな」

といい、同じ売り場での連続購入を始めた。

「こうすれば、フフ、……いつかは百万円」

七億といわないところが小心だ。

どういうわけか、眼鏡を何本か持ち、時によってかけ替えて来る丸山である。大物作家の、作家生活何十周年という記念パーティの司会をした時には、銀縁の眼鏡をしていた。

「あれっ、赤じゃないんですか？」

と、美希がいった。

「どうして」

「だって、――つるに赤い線の入っているのが、勝負眼鏡なんでしょ」

「誰に聞いた？」

「さあ……」

丸山は、昔の学園ドラマに登場するＰＴＡの金持ちマダムのように、眼鏡の銀の縁に軽く指をかけ、

「ガセネタだ。――俺が、ここぞという時にかけるのは、こいつだ」

ガードウーマンの件同様、人から伝わる話は当てにならない。

その丸山が、今年に入って、何回か銀縁眼鏡をかけて来た。重要な会議や行事のない日だったから、

「何の――勝負ですか」

と、聞いたら、

「うん。――宝くじの抽籤発表がある」

大きなくじは、テレビで抽籤会の中継がある。そうでなくても、ネットですぐに結果が分かるそうだ。

「眼鏡次第で、影響ありますかね」

「まあ、運命の神様に対する誠意だな。――いい加減には考えていない、というところを、お見せしているんだ」

美希は、ふーん、と頷き、

「何億か当てて、会社、やめるんですか」

丸山は、ジロリと美希を見て、

「いや。——当てたら貯金して、——仕事は続ける」

堅実だ。美希は溜息をつき、

「……やめないんだ」

「がっかりするな、がっかり」

5

六月に入った。

美希の指導している中学の女子バスケ部は、何と地区大会の決勝戦を前にしていた。いうまでもなく快挙である。

決勝の会場は、当の中学校の体育館。地の利がある。そして、人の和もある。後は、天の時を待つ——だけでいいのか?

相手は、都大会に何度も進出している本命校だ。正直なところ、厳しい戦いになる。

そこで、美希の頭に閃いたことがある。

——人は、歴史に学ぶ。

吉井妙子さんというジャーナリストの書いた『日の丸女子バレー』という本を読んだ。そこには、ロンドンオリンピックで、日本チームのとった作戦が書かれていた。

《大会直前になって、竹下、中道以外の背番号を全員変えてしまったのである。相手国は、背番号でデータを取っている》。眞鍋監督は、髪形も一緒にしてくれと選手に頼んだという。しかし、《それだけは嫌だと選手全員に拒否されてしまいました》。

うーん、女心だ。

それはともかく、日本女子バレーの躍進は、記憶に鮮やかだ。

――西洋人には、東洋人の顔が区別しにくいだろうしなあ。

そこまで考え、実際にやってしまう監督の凄さを感じた。

データ班の活躍で話題を呼んだ眞鍋ジャパンだったが、今は中学でも、大会中はあちこちでビデオが動いている。

美希の学校でも、当然、事前に、これから当たりそうな学校の分析をしている。そういう時代なのだ。

決勝で当たる名門校は、いうまでもない。試合中は、名将といわれる名物顧問がどっかりと座っている。腕組みをし、大声で指示を出す。いうことが、さすがに的を射ている。その裏付けになっているのは、確かなデータ分析だ。

次の日曜、運命の試合を控えた美希は、編集部での仕事の合間につぶやいた。

「よく切れる刀は……だから危ない」

聞き付けた丸山が、

「俺のことか?」

「はい?」

「いやあ、俺ってシャープ過ぎるからなあ」

と、眼鏡を光らせる。

「……むしろ、フラット……」

「何?」

「いえ。何でもありません」

日曜は、午前中雨。午後からは太陽が出た。体育館の中は湿度が高くて、むっと蒸す。

決勝戦は午後だ。

美希は、ピンクのジャージ姿。どう見ても教員ではない。地球を守る、ナントカ戦隊の一員のようだ。生徒にはその度胸を《素敵》、顧問には《派手だね》といわれる。

——あいつは何だ。

という目でも見られるが、無論、知ったことではない。

相手の顧問は、頭頂部が平らで、髪が薄く、何となくフランケンシュタインに似ている。座った姿に、威圧感がある。

こちらの顧問も座っているが、試合中はただの見学者だ。指示は美希が出す。外部コーチとして届け出ているから、それが出来る。ジャージの色だけでなく、中学生の群れに入れば長身が、一際目立つ。

美希は立っている。

最初はリードされていたが、動きはそれでも、いい。この蒸し暑さの中だ。去年まで
なら、早々に参っていたろう。走らせた効果が着実に出ている。

試合は、シーソーゲームになった。いつもは無表情な、フランケン顧問の顔に、嫌な
雲がかかった。思い通りにならない、おかしい――というもどかしさだ。

知将らしく、データに従い、こちらの選手のユニフォームナンバーを叫んで、対応の
指示を出している。

中学のバスケットボールでは、選手の背番号に、一、二、三がない。審判が指を立て
て数字を示した時、得点をさしているのか、選手をさしているのか、紛らわしいからだ。

四が最も若い数字になり、普通はキャプテンナンバーになる。

こちらが何度目かのリードをしたところで、相手チームに、

――こんな筈ではない……。

という、雰囲気が漂い出した。

この試合では、双子が、いつにもまして鋭い働きを見せてくれた。

点数がみるみる離れ出したところで、相手の顧問がたまらず立ち上がった。腕を動か
し、声を上げる。

「――十一番、――十一番」

マークしろと叫んだところで、ボールは双子の十四番に渡り、切れ味よくゴール下からシュートを決めた。

——あ……。

という表情が、フランケンの顔に浮かんだ。そのまましばらく言葉を呑み込んでいた。

やがて、顔に血が上り出した。目が、十一番と十四番の双子の動きを、秤《はかり》にかけるように見比べている。

選手の番号は、空いているものの中から自分の好きなものを取らせている。双子は去年から、毎試合、同じ番号で戦って来た。ビデオにも、その姿が残っている。

しかし、試合の番号表は、当日審判に出すものだ。同じメンバーが出るとは限らないのだから、当然、試合ごとに替えていい。

美希は、十一番と十四番を、いつもと逆にさせたのだ。

父兄は生徒達とは逆サイドに立ち、コートを挟むようにして、応援している。生徒も父兄も、こちらの方が格段に盛り上がっている。バスケットボールは、タイマーで残り時間の表示が出る。それが、どんどんゼロに近づいて行く。リードされている側には、たまらないプレッシャーだったろう。まして、やすやすと勝つつもりでいたのだ。

試合終了のブザーが鳴った。

わっと歓声をあげ、皆が跳びはねる。どの子も、うっとうしい湿気など忘れていた。

ピンクの美希は、顎を撫でつつ、悠然と立っていた。フランケンが凄い目で美希を睨んでいた。

美希の方は、歓喜の踊りを見つめつつ、にんまりと笑い、

「……天をも動かすとは、諸葛亮孔明……人か、鬼か……」

歴史に残る名軍師の気分を味わっている。肩幅の広い顧問が、その言葉を耳の端で拾って、首をかしげ、

「……何だい？」

「いや、別に」

6

校正の作業が延び、お昼を食べ損ねた上、これから作家さんに会いに出なければならない。

地下鉄の駅に続くビルの中の定食屋に入った。ここで、手早くすますつもりだ。

するとカウンターに、トラちゃんがいた。浮かない顔をしている。

「どうしたの」

と聞くと、

「《宝くじおばさん》が、襲われちゃったんです」

「へ？」

といいながら、キンメダイの煮付け定食を頼む。トラちゃんの前には、サバの塩焼きがある。魚のうまい店なのだ。

「《宝くじ、よこせ》って、泥棒が来たらしいんです」

それは、物騒だ。

「――何億円か、当たったの？」

いいかけて、おかしいと気が付いた。誰に当たったかは公表されない。高額の宝くじをめぐって、事件の起こる可能性があるからだ。トラちゃんは、首を振り、

「ううん。――はずればっかりだったんですけど、わたしがあんな記事、書いたでしょ。《おばさん》のとこ行けば、当たりくじがある。宝の山――と錯覚したみたい」

間抜けな泥棒だ。

「そんな事件、新聞に出てた？」

トラちゃんは、力なく首を振る。

「持ってかれたのはほとんど空くじだし、いわれてすぐ渡したから怪我もない。他に被害はない。――要するに、紙面を割くほどのニュースバリューはない」

「だったら……？」

どうして知っているのか――と思う。トラちゃんはいう。

「『週刊文宝』の人がね、別件で警察と話してる時、聞かされたんですって。――《宝くじおばさんのこと、書いたの、お宅の雑誌だろ？》って、いわれて」

「ああ、なるほど」

キンメが来た。お酒に合いそうだとおもうが、これから仕事だ。つつきながら、聞く。

「その時は、《おばさん》がどういう人か分からなかった。でも、何でも仕入れておくのは大事です。謹んでうかがったら、そういう話だった」

「あー、……それは新聞ネタじゃあないけど、週刊誌ネタにはなるかもね」

「そうなんですよ」

週刊誌は、トラちゃんが前いた部署だ。トラちゃんは、その件で『週刊文宝』から取材されてしまったという。

「うーむ。複雑な立場ね」

実際、次の号に、

――《宝くじおばさん》の嘆き。

という、写真入りの記事が出た。

7

中野にいる美希の父にも、定年が間近に迫って来た。

夏の週末。夕暮れ時、実家に向かうと、その時間帯独特の空気感のせいか、妙に懐かしくなる。

父とは、よくあの道この道を歩いた。

うちの近くに、車も通らず、人の往来もほとんどない路地があった。小学生の時、そこで一輪車の練習をした。父が片手を取って、ついて来てくれた。父より、はるかに運動神経のいい美希は、すぐに要領をつかんだ。

すいすいと行ってしまう美希を見て、父は物足りなそうな顔をしていた。

そんなことを考えながら、歩いていると、一軒の家の庭先に咲いている、オシロイバナが目に入った。この花は、夏の夕方、あちこちで咲く。

——うちの庭には、赤紫の小さい花が開いた。

「白もあるんだね」

と、近所で見かけた美希がいうと、

「他にもあるぞ。探検して来よう」

と、父が立つ。土曜か日曜だったのだろう。暗くなるまで、あちこち歩いた。

黄色もあり、色の混じった絞りの花も見つけた。

「この花を、英語で《フォー・オクロック》というんだ」

「どういう意味?」

「《フォー》は、ワン・ツー・スリー・フォー」

「四?」

「そうそう。それで、《オクロック》は時刻。つまり、《フォー・オクロック》は《四時》ということなんだ」

花の名前らしくなくて、面白いと思った。

「どうして、そういうと思う？」

「――四時頃、咲くから？」

父は頷き、

「ヒマワリとか――花というと、みんな、お日様が好きそうだね」

「うん」

「だけど、夕方に咲く花もあるんだな。ギラギラしてるのが苦手なんだね」

そんな話をしていたのは、まだ夕食には間のある、五時半頃だったろうか。ちょうど、美希が今、実家に向かっている時刻だ。夏なら、まだ明るい。

――お父さんの時間は、今、何時頃なんだろう。まだまだ、せいぜい四時だよね。

と、いささか感傷的になる。

8

父は、指定席のテレビの前の座椅子に座っている。

刺身や冷や奴などの、いたって日本的な夕食で、ビールを飲んだ。

食後の父との会話で、背番号の魔術について話した。

「なるほど。双子がいたというのがミソだな」

美希は、顎を突き出し、

「条件が整っていても、思いついて、やらなければマジックにはならない」

「それはそうだ」

「試合には常に駆け引きがあるわ。それも含めての実力よ。でも、あくまでも──《含めて》の話ね。わたしも、生徒達も、番号替えたから勝った、なんて思ってない。そんな甘いもんじゃない。ちょこっと頭使ったって、力がなければ負ける。これはもう、冷酷なぐらいはっきりしてる」

美希は、ビールをごくりと飲み、

「──まあ、その力を地区決勝戦で使い果たした──というところはあったわ。都大会の方は、残念ながら一回戦敗退。だけどね、《一度、上に行けた》というのが大きいの。自分達にも出来る──という自信に繋がる。大きな一歩よ」

父は、ビールと美希の武勇伝に、いささか陶然として来たようだ。母から、

「お父さん、お風呂は?」

と、いわれると、

「ちょっと酒が入ったから、寝る前に浴びることにするよ」

母にも、先に──といわれ、お客様扱いの美希が、遠慮なくいただくことにする。タオルを手にしたところで、

「お母さん、宝くじって買ったことある？」

「ないわよ」

と、あっさりしている。父に聞いても、

「ないない」

風呂から出て髪も乾かし、母と交替。パジャマ姿で、とろんとした目をしている父の横に座り、

「それでね、――宝くじのことで、ちょっとした事件があったのよ」

「ん……。宝……？」

と、半眼になっていた瞼を上げる父。

《宝くじおばさん》のことを、ざっと話し、それから、『週刊文宝』に載った記事に従って説明する。

「抽籤発表のあった日の夕方、買い物から帰ったら、玄関のところでマスクをした男に声をかけられた」

「うん……」

「冬ならともかく、夏の盛りにマスクも変でしょう？」

「まあ、そうだな……」

「《宝くじおばさん、ですよね》――といわれて、その通りだから、《ええ》といったら、《冷蔵庫に行け》」

9

飛躍がお気に召したようで、父は、座椅子の背からだらしなくずり下がろうとしていた身を起こす。

「――冷蔵庫？」

「そうなの。夏だからって、冷たいものが飲みたいわけでもないだろう――と思った。それにしちゃ、荒っぽ過ぎる」

「――確かに」

砂漠の真ん中なら、水泥棒もあるだろう。しかし、事件は東京で起こっている。

「《何なんです》といったら、ちらりと刃物を見せた」

「おお……」

「そして、《買ったくじは、冷蔵庫に入れとくんだろ》。やっと、目当てが分かった」

「――くじと冷蔵庫が、どうして結び付く？」

「うちの女性誌に、出てたのよ。《同じ窓口で三十年間、買い続けている。連番で三十枚、買ったら冷蔵庫に入れておく》って、書いてあったの。――別に悪い記事でもないから、名前と顔写真も出てた。住所は書いてなかったけど、その辺りの人だというのは、エピソードから分かるわよね」

「電話帳やネットで調べられたんだな」

一人暮らしだったから、《おばさん》の名前で登録されており、掲載を断ってもいなかったのだろう。

「でしょうね。――《おばさん》はすぐ、《当たってないわよ》。すると、マスクが《当たった、とはいわないだろう》」

「一理ある」

「現に当たってないんだから、そんなもので怪我でもしたらつまらない」

「全くだ」

「論より証拠。《本当よ。すぐに持って来るわ》。《俺もついて行く》。発表があった時、すぐに確認していたから、台所のテーブルに置いてあった。マスクは、枚数を確認するとポケットにねじ込み、あわてて飛び出して行った――というわけ」

「ふーん」

「三百円の当たりが三枚、入ってたから、九百円の損害。実害はそんなにないけど、強盗は強盗よね」

「うん」

「どきどきが収まってから、残念無念の思いがこみ上げて来た。口惜しいから、一一〇番に電話した。――当たりはずれはともかく、三十年間ずっと続けて来た、くじのコレクションが途切れてしまう」

それが、週刊誌の見出しになった、

――《宝くじおばさん》の嘆き。

だ。

トラちゃんから聞いたところによると、たちまち、記事を読んだ人達から、

――《おばさん》にあげてくれ。

と、くじが届いたそうだ。

「宝くじ仲間の、気持ちが嬉しいわね。《おばさん》にとって今回は、空くじが――本物の宝くじになった」

我ながらいい落ちを付けたと思って、美希が父を見ると、

「――それだ」

「え」

「空くじが宝くじだ」

10

「何のこと?」

父は、すっかり酔いから醒め、

「当たったか当たらないか分からない宝くじを、わざわざ盗みに来る――というのは変

だろう」

「だから、──変な奴だったんでしょ」

「──そうかな」

「そうとしか考えられない」

父は、嬉しげに手を擦り、

「──お茶でもいれてくれないか」

風呂上がりだから、美希の体も水分を欲している。

「紅茶でいい？」

「ああ」

台所で、お湯を沸かし始める美希に、

「ミコは、双子のユニフォームを取り替えた」

「まあね」

「それを番号の方から考える」

「ほ？」

時々、難しいことをいい出す父だ。

「番号の方から見れば、付けている本体が入れ替わったということだ」

頭が混乱する。

「……同じことじゃない」

アールグレイの紅茶をいれて、父のところに戻る。父はいう。

「当たりでない番号が、見方をかえれば値打ちものに替わる。わざわざ、盗みに来るというのはよほどのことだ。犯人にとって、そのはずれくじこそ、非常手段を使っても手に入れたいものだった。——そう考えるのが、普通じゃないか」

普通かどうかはともかく、なるほど——とは思う。しかし、

「はずれくじがいる人なんて、いないわよ」

「そんなことはない」

父は、夜の紅茶の香りを楽しみつつ、ゆっくりといった。

「——会社なんかで、グループ買いをしていて、自分が買う役になった男ならどうだ」

「……あ」

「発表の前に、くじを分けてしまうこともある。皆で約束して、当たったら、頭割りの山分け——という場合もあるだろう。いずれにしても、抽籤の前にくじの番号を確認しておくのが自然だ。揉め事は嫌だからな。しかし、うっすら期待はしても、本気で高額当籤が出るとは思わない……のが人情だ。——仲間の一人が出張にでも出ていたら、《帰って来たら、皆で、わいわいいいながら確認しよう》となってもおかしくない」

美希は、紅茶を啜るのを忘れた。父の言葉は続く。

「それぐらいの友情と信頼はある仲間達だった。しかし、宝くじを持ってる奴が、発表を見た時、とんでもない額が当たっていたとする。一生かけても、手に入らないような

金額だ。――そいつが、歯医者や目医者、髪切るとこなんかで、たまたまミコの会社の雑誌を見ていた。《おばさん》の名前までは忘れていてもネットで確認すれば、分かるだろう。――《ここに行けば、はずれくじが、揃いで三十枚ある》となったら――」

「うーん……」

「三十という数だ。仲間は三人。楽しみに、十枚ずつ買い続けていた――そういうことは、ありそうじゃないか。だとしたら、どうだ。――今、手元に七億円分のくじがある。三人で分けるとしたら、四億六千万以上、人手に渡さなきゃならない。……空くじさえあれば、何事もなかったことに出来る。当たり番号のくじと、別のくじをすり替えられる」

「………」

父は、紅茶を口に運び、

「そう思ったら、――魔がさすこともあるんじゃないか」

「お父さん……」

「何だ」

「お父さんの頭、まだまだ、大丈夫だよ」

父は、目を見開き、

「何いってんだ」

「――今日さ、ここに来る途中で、オシロイバナ見た」

と、いきなり話題を転換する。かなり無理筋だが父はついて来る。

「お父さんと、見て回ったね」

「そんなこともあったな」

「夕方から咲くんだよね。こんな夜にも、開いてるんだろうね」

月の光を受けた赤紫や白のオシロイバナが、目に浮かぶ。

「咲いてるな」

「あれ、英語で《フォー・オクロック》っていうんだね。お父さんが教えてくれた」

「ああ……」

と、父は遠くを見るような目になり、

「――覚えていてくれて、嬉しいな。あれには、日本の名も、もうひとつあるんだ。――《ゆうげしょう》」

「はい？」

「夕方の化粧で《夕化粧》だ」

父は、十五夜のお月様のように、にっこり笑って、

「――いい名前だろう」

――それも覚えておくよ、……お父さん。

と、美希は思った。

11

宝くじ売り場には、《ここで七億円出ました》などと掲示される。宣伝になるのだから当然だ。問題の窓口が、まさに夢の窓口になった。

グループ買いをしていた仲間が、それを見、また週刊誌の記事も読んだ。当事者だから、

——もしかすると……？

と、思った。夏のくじを買う役になった男の様子が、その頃からおかしくなっていたのだ。警察にこっそり出頭し、問題の男の写真を渡し、

——《宝くじおばさん》を襲ったのは、こいつじゃありませんか？

と、いった。

七億円がからむとなると、警察もほってはおけない。《おばさん》に確かめると、あっさり、

「あ。この人、この人、間違いない」

任意で事情を聞こうとすると、男はたちまち膝をつき、泣き出してしまった。七億の重圧に耐え兼ね、すっかりおかしくなっていたのだ。

そんな事後の経過を、トラちゃんから聞いた。

仲がよかった人達が、顔を合わせにくくなってしまった。
——やった奴には、天罰覿面《てきめん》だけどなあ……。
大金に翻弄された人が哀れでもあった。機嫌がいいのは丸山で、
「当たった、当たった。眼鏡のご利益《りやく》だ！」
と、狂喜乱舞している。
三千円、当たったらしい。

参考文献
『日の丸女子バレー　ニッポンはなぜ強いのか』　吉井妙子（文藝春秋）

解　説

佐藤夕子

卒業後二十五年間勤めてきた大学を辞めた。

受け取ったものに感謝しつつ、受け取れないものを返す。その繰り返しなのだろう。

アマチュア作家D・M・ディヴァインは教授でなく事務職員だったばかりに大学教員による探偵小説コンテストで受賞を逃したが、結果的には傑作ばかりを残したのだからその本職に意義はあったのだ。どんな経験も、糧に昇華しうるのは意思だということだ。

ディヴァインと比べるのは不遜に過ぎるが、だから在職中に本書『中野のお父さん』の巻頭作「夢の風車」が雑誌掲載された折には、北村薫さんからわざわざお知らせまでいただき、浅学非才として心から光栄に感じた。自分（の職業）が欠片でも、尊敬措く能わざる天才の創造に役立ったと感じられて嬉しかった。どころか、一生胸に残る勲章だと思う。活字中毒者ゆえ必然的（です、これは絶対に）に北村薫ファンであったというう以上ではない、かつ職業がたまたま大学職員だった、というだけの相手に「今度の掲載短編には女性の大学職員が登場します」と葉書でお知らせくださったのが、いかにもこの不世出の作家の「粋」と、なにより人間全般に対する誠実さである。実在のモデルなど創作にあっては些末事なので、個人的すぎる回顧はこれくらいにしたい。ただし、モデルとは無関係の巧みな筋立ての詳細は本編に譲るが、探偵やワトスンでなく犯人側の心情に共振したのも久々だったし、犯人と探偵がともに最後までファーストネーム不明なのにも、かつて覆面作家であり覆面作家シリーズを懐にする著者らしさが横溢する。それ自体がきらきらと輝くばかりでなく、受け手の心の鈴が共鳴してころころと鳴り出すほど巧みに普遍を詠う文体は、この稀有な作家ならではと実感する。もとより読むことは呼吸に近く、吸って吐くそのときどきにぽかりと浮かんだ思いのしゃぼんだまを、今度はどうしてもつないで首飾りにしたくなる。読むだけでなく、書きたくなるのだ。最高の文章にはそうした不遜な野望を呼び起こす副作用がついて回るものなのである。

続く「幻の追伸」では、かの出版社主にして大文豪とその寵愛を受けたといわれる女性、を思わせるような、古い書簡をめぐる謎がユーモラスで小気味よい。文芸編集者である主人公・田川美希（その父にとっては常に「ミコ」だが、なぜミコなのかという謎は解かれぬままなのも粋）の姿がより際立ってくる一作でもある。前後して石井桃子の傑作評伝『ひみつの王国』を読んでおり、太宰治の憧れ（！）でもあった高名な児童文学者・名翻訳者が、意外にもそのキャリアを岩波書店ではなく菊池寛のもと文藝春秋で始め、かの佐藤碧子嬢とも机を並べていたのを知ったところだった。その長い長い現役生活を、子どもであったかつての自分とともに生き、いつでも心の中のその子どもに対して物語を語ってきたという石井桃子は、キャリア女性の先駆けにして到達点ともいうべき存在だが、その姿に、文藝春秋がモデルと思しい大手出版社に籍をおきつつ雑誌でも書籍でも文芸を生む場にありたいと切望する美希が重なり、そっと手を叩く。美希もまた、心に子どもを抱きつつ厳しい大人の世界を泳ぎわたる資質十分の、北村印（ただしいくぶんか体育会系な）ヒロインだと実感するのだ。ほら、また、響いている。ほかの誰の作品が、読むたびにここまでさまざまな思いをつぎつぎと呼び起こし得るものか。北村薫さんは、これだから凄い。怖い。嬉しい。

ちなみに誕生日が関係しているせいもあって個人的にはこの「幻の追伸」にも思い入れが深いが、ミステリゆえ多弁は避ける。ただその謎と解決の提示という点でフェアプレイに徹した実に端正な小品である。蛇足だが北村さんの選ばれる固有名詞には誠に巧みに虚実が入り乱れており、これまで幾度も騙されている（『ターン』に登場するロッティマ・アミーカが実在するならすぐにでもとんでいきたい！）が、本編で主人公たちが観てきた『塀の中のジュリアス・シーザー』に関しては虚にあらず、有名な実在の映画であった。勉強不足の一言だがぜひ観たくなった。「鏡の世界」冒頭で美希が同僚と口直しに繰り出す「日本では品川と丸の内に支店がありニューヨークに本店を構えるオイスター・バー」も、むろん（？）実在している。教えてくれたのは牡蠣好きな同僚にして親友で、仕事帰りにこちらは近場の吉祥寺のオイスター・バーに行き、二人でさまざまな産の牡蠣を片端から堪能したことがある。見よ、かくのごとく北村さんの文章は読む者の記憶と思索に、細くきらめく触手をのばし、つなぎあい、より鮮やかに共鳴するのだ。すぐれたことばがつむぐ主題というものが、すべからくそうであるように。

読み逃しを許さない見事な北村印レトリックも健在だ。「全身に湿気を浴びたような表情」ええ見たことあります、したこともあるかも。「怒髪天をつく——とはどういうことか、辞書より手早く見せてくれる」うわ、これは確実に見せた過去があるぞ。「子猫を連れて行かれる親猫のような声」ああ、愛猫家にもそうでない人にも耳朶にこだまする、それはそれはせつないにゃあごでしょうね。いつものことだけれど、本当にどういう奇跡が重なれば、こういう秀逸な表現を思いつけるのかとちょっぴり悔しく、それよりもはるかに強く感動してしまう。努力できることそのものが才能と新井素子氏は語っていた。けだし名言だ。

そろそろ、本作の明らかな特徴になぜ触れないのかと怒られそうだ。明快です、確かに。タイトルがすでに主張している。そう、本作で北村さんは、はじめて、父と娘という関係を作品の軸に据えた。「定年間近の高校国語教師」なる設定はまさしくご自身そのものだしお嬢さんがいらっしゃることは周知の事実であり、これは、と色めき立つ向きもあろう。しかし言わずもがな、作家にとってはあらゆる造形設定が自己を語るための素材であり調味料であり、冒頭の繰り返しとなるが、モデルやあて書き自体にさしたる意味はない。確かなことは、これまでも親子という関係性を、北村さんは常に、漫然とでなく主体的に、確信をもって肯ってきたということだ。「私」の形成に父母と姉の存在が不可欠であることはシリーズを通して明らかだし、『秋の花』においては登場人物の母親の強さが目を惹く。『リセット』の冒頭の一文は今思い出してもあまりの巧さに涙が出る。実の父上に関しては名著『いとま申して』三部作の形で徹底的に取り組まれてもいる。父であり子であるご自身から、すでに十分な主題を紡ぎ出してきた北村さんが、本作で満を持して田川父娘を配したのは、だから、より形而上的な必然ゆえと理解したい。ヒントはある。「冬の走者」に「あまりの暑さに耐え兼ね、――わっ！　と、いって走りだ」した作家が登場するが、同様の見解は「私」の母上が『夜の蟬』にて表明されたところだ。また、美希が父親を評した「謎をレンジに入れてボタンを押したら、たちまち答えが出た」のバリエーションは、すでに『六の宮の姫君』での円紫師匠に関して「私」が用いている（「《はてな》と思うことを投入口から入れればポンと答えの出て来る、万能解答機のような人」）。うっかりではなく焼き直しでもない、熟慮の上の巧みな変奏だ。楽譜商人ディアベリの凡庸な一主題を頼まれもしないのに三十三ものオリジナル変奏曲に仕立ててのけたベートーベンは相当に意地悪な天才だったと思うが、自身の創作した数多の名探偵の何度目かの変奏を、本作で軽やかに奏でてみせた北村さんは完全にフェアである。

「中野のお父さん」が背負い体現しているもの、かつわが子美希に差し出してくれているものは、社会であり、仕事というものであり、大人の世界の精髄である。それは同時に、心の中のかつての子どもをいかに抱き続けるかということでもある。受け取るべきものと受け取れないものを正しく知れと促す、導き手としての他者がここでは実父なのだ。なお北村作品には出版社という舞台と編集者という役者が登場する確率が高い。ことばに対する北村さん自身の関心をとりあげ追究するには好適な場であるからだろうと推測するが、この舞台と役者に投げかけられる多彩な照明が、中野のお父さんというシンボリックな存在となっている。憧れの噺家でも担当作家でも編集部の上司や同僚（丸山さん、大好きです。それから八島和歌子さん。私はジャイ子の本名が気になります）でもなく、人間社会の最小単位である家族を探偵という導師に据えたそのタイミングには、ご自身の年齢やキャリア、お子さんの成長などさまざまな要素が関係するのだろうとここは推測でしかなく、いずれにしてもこの上なく時宜を得た配役であったと感嘆しきりである。ただし、誤解しないでほしい。単なるシンボルとして無味無臭無謬の存在など小説にあってはまさに道断、中野のネームレスお父さんは、大変に人間らしく魅力的だ。娘に甘く、お腹は出ているし、ビールと娘の武勇伝に陶然として座椅子からずり落ちそうになってしまうし、それでいながらここは北村さんと同様、快刀乱麻を断つ名推理の際には北村先生御用達のアールグレイ（おそらく、しかし紅茶であれば間違いなく！）を美希が淹れてあげている。本作掉尾を飾る「数の魔術」では、謎を解いてもらうためにではなく、夏の週末、美希はおそらく父の体調を気遣って実家に戻っている。オシロイバナの英名（いいですよね、この挿話！）の思い出にことよせ、「まだまだ、大丈夫だよ」と父をいたわる美希。ディテールという煉瓦だけが、堅牢なシンボルの城を積むに値するのだ。

最後になるが、「○の▽△」で統一された収録作のタイトルは、実は異色だ。つい冒頭の漢字をつなげたり末尾のかなを拾ったりしてしまった。今は巻頭作のタイトルがとても気になっている。皆さんはこれ、ふうしゃと読みますか、かざぐるまとルビをふりますか？　もっとも、『謎物語』でも楽しげにポーの「黄金虫」の読みについて語った北村さんからの問いの答えは自分で見つけるべきだろう。シリーズ二作目ではおそらく各タイトルに別の趣向が凝らされているに相違なく、目次を見るのが今から楽しみだ。

初出「オール讀物」
夢の風車　二〇一三年一月号
幻の追伸　二〇一三年五月号
鏡の世界　二〇一三年八月号
闇の吉原　二〇一三年十一月号
冬の走者　二〇一四年二月号
謎の献本　二〇一四年五月号
茶の痕跡　二〇一五年二月号
数の魔術　二〇一五年五月号

単行本　二〇一五年九月　文藝春秋刊

文春文庫

中野《なかの》のお父《とう》さん

定価はカバーに表示してあります

2018年9月10日　第1刷

著　者　北村《きたむら》　薫《かおる》
発行者　花田朋子
発行所　株式会社　文藝春秋

東京都千代田区紀尾井町 3-23　〒102-8008
TEL 03・3265・1211㈹
文藝春秋ホームページ　http://www.bunshun.co.jp
落丁、乱丁本は、お手数ですが小社製作部宛お送り下さい。送料小社負担でお取替致します。

印刷製本・凸版印刷

Printed in Japan
ISBN978-4-16-791134-8

（　）内は解説者。品切の節はご容赦下さい。

角田光代
空の拳（上下）
雑誌「ザ・拳」に配属された空也。通いだしたジムで、天涯孤独で少年院帰りというタイガー立花と出会い、ボクシングの魅力にとらわれていく。爽快な青春スポーツ小説。（対談・沢木耕太郎）
か-32-12

川上未映子
乳《ちち》と卵《らん》
娘の緑子を連れて大阪から上京した姉の巻子は、豊胸手術を受けることに取り憑かれている。二人を東京に迎えた「私」の狂おしい三日間を、比類のない痛快な日本語で描いた芥川賞受賞作。
か-51-1

金原ひとみ
憂鬱たち
神田憂、ウツイ、カイズ。男女三人が組んずほぐれつする官能的なブラックコメディ。現実とエロティックな妄想が交錯し暴走する！（菊地成孔）
か-56-1

北村　薫
いとま申して『童話』の人びと
父が遺した日記に綴られていたのは、金子みすゞや淀川長治と競うように創作と投稿に励む父の姿だった——。大正末から昭和初年の主人公の青春を描く、評伝風小説。（川本三郎）
き-17-8

桐野夏生
錆《さ》びる心
劇作家にファンレターを送り続ける生物教師。十年間堪え忍んだ夫との生活を捨て家政婦になった主婦。出口を塞がれた感情はいつしか狂気と幻へ。魂の孤独を抉《えぐ》る小説集。（中条省平）
き-19-3

木内　昇《のぼり》
茗荷谷の猫
茗荷谷の家で絵を描きあぐねる主婦。染井吉野を造った植木職人。画期的な黒焼を生み出さんとする若者。幕末から昭和にかけ各々の生を燃焼させた人々の痕跡を掬う名篇9作。（春日武彦）
き-33-1

木内　昇
笑い三年、泣き三月《みつき》。
浅草の劇場に拾われた万歳芸人、戦災孤児、復員兵の三人と風変わりな踊り子が共同生活を始める。戦後を生き抜く人々を描く傑作長編。（ホンマタカシ）
き-33-2

（　）内は解説者。品切の節はご容赦下さい。

車谷長吉
赤目四十八瀧心中未遂
「私」はアパートの一室でモツを串に刺し続けた。女の背中一面には迦陵頻伽の刺青があった。ある日、女は私の部屋の戸を開けた――。情念を描き切る話題の直木賞受賞作。（川本三郎）
く-19-1

車谷長吉
妖談
作家になることは、人の顰蹙を買うことだった……。〈私小説作家〉と称される著者が、自尊心・虚栄心・劣等感に憑かれた人々を執拗に描き出す、異色の掌編小説集。（三浦雅士）
く-19-9

熊谷達也
稲穂の海
昭和四十年代、宮城県。高度経済成長とそれまでの暮らしの狭間で、未来への希望と不安を抱えつつたくましく生きる人々と、暮らしの真の豊かさを描き出す短篇集。（池上冬樹）
く-29-4

熊谷達也
調律師
事故で妻を亡くし自身も大けがを負ったのをきっかけに、音を聴くと香りを感じるという共感覚「嗅聴」を獲得した調律師・鳴瀬の、喪失と魂の再生を描く感動の物語。（土方正志）
く-29-5

黒田夏子
abさんご・感受体のおどり
戦争をはさみ解体されていく家。丁寧に掘り起こされる記憶の断片が今あふれでる。衝撃の芥川賞受賞作に、著者が四十代で完成させていた日舞の世界を描く長篇を併録。（江南亜美子）
く-38-1

玄侑宗久
中陰の花
自ら最期の日を予言した「おがみや」ウメさんの死をきっかけに、僧侶・則道は〝この世とあの世の中間〟の世界を受け入れていく。芥川賞受賞の表題作に「朝顔の音」併録。（河合隼雄）
け-4-1

小池真理子
沈黙のひと
生き別れだった父が亡くなった。遺された日記には、父の心の叫び――娘への愛、後妻家族との相克、そして秘めたる恋が綴られていた。吉川英治文学賞受賞の傑作長編。（持田叙子）
こ-29-8

（　）内は解説者。品切の節はご容赦下さい。

佐木隆三
復讐するは我にあり　改訂新版
列島を縦断しながら殺人や詐欺を重ね、高度成長に沸く日本を震撼させた稀代の知能犯・榎津巌。その逃避行と死刑執行までを描いた直木賞受賞作の、三十数年ぶりの改訂新版。（秋山　駿）
さ-4-17

佐藤愛子
院長の恋
若い女に振り回され、常軌を逸していく――頼もしい理想の上司が、ここまで情けない男になるなんて。秘書が見た「恋」の姿を哀切に描く表題作他四篇。絶品ユーモア小説集。（河野多恵子）
さ-18-20

桜木紫乃
風葬
釧路で書道教室を開く夏紀。認知症の母が言った謎の地名に導かれ、自らの出生の秘密を探る。しかしその先には、封印された過去が。桜木ノワールの原点ともいうべき作品ついに文庫化。
さ-56-2

佐藤多佳子
第二音楽室
音楽が少女を優しく強く包んでいく――学校×音楽シリーズ第一弾は音楽室が舞台の四篇を収録。落ちこぼれ鼓笛隊、合唱と淡い恋、すべてが懐かしく切ない少女たちの物語。（湯本香樹実）
さ-58-1

佐藤多佳子
聖夜
『第二音楽室』に続く学校×音楽シリーズふたつめの舞台はオルガン部。少年期の終わりに、メシアンの闇と光が入り混じるような音の中で18歳の一哉がみた世界のかがやき。（上橋菜穂子）
さ-58-2

城山三郎
当社別状なし
地方の成り上がり経営者・中丸富五郎の野望は際限もなく膨らんでいく。社員たちも次第に彼の横暴に巻き込まれていくが…。経済小説の泰斗が描く傑作エンターテインメント！（山田智彦）
し-2-31

城山三郎
鼠　鈴木商店焼打ち事件
大正年間、三井・三菱と並び称される栄華を誇った鈴木商店は、米騒動でなぜ焼打ちされたか？　流星のように現れ、昭和の恐慌に消えていった商社の盛衰と人々の運命。（澤地久枝）
し-2-32

（　）内は解説者。品切の節はご容赦下さい。

柴田　翔
されど　われらが日々――
共産党の方針転換が発表された一九五五年の六全協を舞台に、出会い、別れ、闘争、裏切り、死など青春の悲しみを描き、六〇年、七〇年安保世代を熱狂させた青春文学の傑作。（大石　静）
し-4-3

椎名　誠
そらをみてますないてます
1964年、東京。労働と喧嘩に汗と血を流す日々、おれは彼女と出会った。24年後、おれは砂嵐の中、夢の楼蘭へ歩いていた。青春の夢と流転を綴った熱血私小説。（小島ゆかり）
し-9-38

澁澤龍彦
高丘親王航海記
幼時からエクゾティシズムの徒であった平城帝の子・高丘親王は、占城、真臘、盤盤、魔海を経て一路天竺をめざす。読売文学賞に輝く怪奇と幻想の遺作ロマネスク。（高橋克彦）
し-21-7

島田雅彦
傾国子女
十三歳のとき父が失踪、少女偏愛者の小児科医宅に移り住むが――常に男たちの争いの的になりながら貪欲に幸せを求めた絶世の美女・白草千春の生涯。現代版「好色一代女」。（鈴木涼美）
し-28-3

真保裕一
ストロボ
カメラマンの喜多川は、自ら撮影した写真を手に、来し方を振り返る。そこには男の人生が写し出されていた――。あの日の謎を解き明かし、人生の哀歓を描く著者初期の傑作。（西上心太）
し-35-8

島本理生
真綿荘の住人たち
真綿荘に集う人々の恋はどれもままならない。性別も年も想いもばらばらだけど、一つ屋根の下。寄り添えなくても一緒にいたい――そんな奇妙で切なくて暖かい下宿物語。（瀧波ユカリ）
し-54-1

雫井脩介
検察側の罪人（上下）
老夫婦刺殺事件の容疑者の中に、時効事件の重要参考人が。今度こそ罪を償わせると執念を燃やすベテラン検事・最上だが、後輩の沖野はその強引な捜査方針に疑問を抱く。（青木千恵）
し-60-1

（　）内は解説者。品切の節はご容赦下さい。

青来有一
爆心
殉教の火、原爆の火に焼かれながら、人はなぜ罪を犯し続けるのか？　芥川賞作家が、欲望と贖罪、エロスと死の背反にもがく人間の業を描く傑作。谷崎潤一郎賞、伊藤整賞受賞。　（陣野俊史）
せ-5-2

瀬那和章
フルーツパーラーにはない果物
フルーツパーラーにはない果物はなんでしょう？　その質問をきっかけに、女性たちはそれぞれ自分の恋愛を振り返る。四者四様の恋模様を甘酸っぱく描く連作短編集。　（倉本さおり）
せ-11-1

髙樹のぶ子
透光の樹
汲めども尽きぬ恋心と、逢瀬を重ねるたびに増してゆく肉の悲しみ。25年ぶりに再会した男女の一途に燃える愛。すべての現実感が消えるほどの〈結晶のような〉物語。谷崎潤一郎賞受賞作。
た-8-13

高橋克彦
幻日
少年時代から作家デビューを果すまでの来し方を投影した著者初の自伝的連作集。葛藤しながら「幻日」から「現実」へとひたむきに生きる主人公の姿が感動をよぶ傑作。　（澤口たまみ）
た-26-16

太宰　治
斜陽《しやよう》　人間失格《にんげんしつかく》　桜桃《おうとう》　走《はし》れメロス　外七篇
没落貴族の哀歓を描く「斜陽」、太宰文学の総決算「人間失格」、美しい友情の物語「走れメロス」など、日本が生んだ天才作家の代表作が一冊になった。詳しい傍注と年譜付き。　（臼井吉見）
た-47-1

太宰　治
斜陽・パンドラの匣
太宰治映画化原作コレクション1
太宰治の作品のなかから、一九四七年に刊行され何度も映像化された大ヒット作「斜陽」と、終戦の年から河北新報に連載された佳作「パンドラの匣」を収録した愛蔵版。　（秋原正俊）
た-47-2

太宰　治
ヴィヨンの妻・人間失格ほか
太宰治映画化原作コレクション2
連載最終回の掲載直前、自殺を遂げた太宰の代表作「人間失格」のほか、奇妙な夫婦関係を描いた佳作「ヴィヨンの妻」「二十世紀旗手」「桜桃」「姥捨」「燈籠」「きりぎりす」他を収録。　（池内　紀）
た-47-3

田口ランディ
ゾーンにて
福島第一原発から半径二十キロ圏内〈ゾーン〉に、作家・羽鳥よう子は足を踏み入れた。あの世とこの世がつながる場所で生きる者たちの、命の輝きを描く傑作中篇集。（結城正美）
た-61-4

団　鬼六
不貞の季節
貞淑な妻を部下に寝取られ、独り自慰に耽る中年男の妄執――。倒錯した性を描きながら、なお飄逸味を失わない傑作小説集。緊縛の文豪が老境にして切り拓いた新境地！（阿川佐和子）
た-81-1

田中慎弥
夜蜘蛛
日中戦争の傷を抱えながら戦後を生きてきた父が、昭和天皇の死に際し下した決断とは？　芥川賞作家が「父と息子」「戦争の記憶」といった骨太なテーマに挑んだ意欲作。（片山杜秀）
た-85-2

竹宮ゆゆこ
あしたはひとりにしてくれ
優秀で家族思いの高校生・瑛人。ある秘密と共に埋めたくまのぬいぐるみのかわりに掘り起こしたのは半死状態の若い女だった!?　孤独をこじらせた少年の葛藤を描く感涙の青春物語。
た-99-1

津村節子
紅梅
癌が転移し、自らの死を強く意識する夫――吉村昭の一年半にわたる闘病と死を、妻と作家両方の目から見つめ、全身全霊で純文学に昇華させた衝撃作。菊池寛賞受賞作。（最相葉月）
つ-3-14

辻　仁成
永遠者
19世紀末パリ、若き日本人外交官コウヤは踊り子カミーユと激しい恋に落ちる。〈儀式〉を経て永遠の命を手にいれた二人は激動の歴史の渦に呑み込まれていく。渾身の長篇。（野崎　歓）
つ-12-7

津村記久子
婚礼、葬礼、その他
友人の結婚式に出席中、上司の親の通夜に呼び出されたOLヨシノのてんやわんやな一日を描く表題作と「冷たい十字路」を収録。いま乗りに乗る芥川賞作家の傑作中篇集。（陣野俊史）
つ-21-1

（　）内は解説者。品切の節はご容赦下さい。

天童荒太
悼む人（上下）
全国を放浪し、死者を悼む旅を続ける坂築静人。彼を巡り、夫を殺した女、人間不信の雑誌記者、末期癌の母らのドラマが繰り広げられる。第百四十回直木賞受賞作。（書評・重松　清ほか）
て-7-2

天童荒太
静人日記　悼む人Ⅱ
見知らぬ死者を悼み、全国を放浪する青年、坂築静人。毎夜、著者は〈静人〉となり、心にわきたつものを〈日記〉に書きとめていく。直木賞受賞作『悼む人』の続篇にして序章でもある日記体小説。

て-7-4

藤堂志津子
隣室のモーツアルト
食道がんで入院した51歳の多花子はある日、隣の病室に昔つきあっていた男がいることに気づいた。成熟した女が見据える人生の妙味を描く傑作短編集。（まさきとしか）
と-11-20

中上健次
岬
郷里・紀州を舞台に、逃れがたい血のしがらみに閉じ込められた一人の青年の、癒せぬ渇望、愛と憎しみを鮮烈な文体で描いた芥川賞受賞作のほか「黄金比の朝」「火宅」「浄徳寺ツアー」収録。

な-4-1

中里恒子
時雨の記
知人の華燭の典で偶然にも再会した熟年の実業家と、夫と死別し一人けなげに生きる女性との、至純の愛を描く不朽の名作。中里恒子の作家案内と年譜を加えた新装決定版。（古屋健三）
な-5-4

南木佳士
草すべり　その他の短篇
同級生だった女性と再会し、二人で登った浅間山での一日。青春の輝きに満ちていた彼女。過ぎゆく時のいとおしさが身の内を吹きぬける山歩き短篇集。泉鏡花文学賞受賞作。（重松　清）
な-26-18

南木佳士
先生のあさがお
謎の女から手渡された「先生のあさがお」の種。否応なく思い起こされる先輩医師の記憶。自然と向き合い生きのびた著者が、幸福感を妻と分かち合う日常を描いた短編集。（鷲田清一）
な-26-20

（　）内は解説者。品切の節はご容赦下さい。

南木佳士
陽子の一日
医師は悪党たれ――還暦を迎えた女医・陽子のもとに届いた元同僚医師・黒田の一風変わった「病歴要約」に込められた真意とは？　ある春の一日に起きた出来事に人生の機微が滲む傑作。
な-26-22

夏目漱石
こころ　坊っちゃん
青春を爽快に描く「坊っちゃん」、知識人の心の葛藤を真摯に描く「こころ」。日本文学の永遠の名作を一冊に収めた漱石文庫。読みやすい大きな活字、詳しい年譜、注釈、作家案内。（江藤　淳）
な-31-1

夏目漱石
それから　門
近代知識人の一典型である長井代助を通じて、エゴイズムと社会の相克を描いた『それから』。罪を負った代助の〝後日の姿〟を冷徹に見つめた『門』。代表作二篇を収める。（江藤　淳）
な-31-2

夏目漱石
吾輩は猫である
苦沙弥、迷亭、寒月ら、太平の逸民たちの珍妙なやりとりを、猫の視点から描いた漱石の処女小説。滑稽かつ饒舌な文体と痛烈な文明批評で日本中の話題をさらった永遠の名作。（江藤　淳）
な-31-3

長嶋　有
猛スピードで母は
母は結婚をほのめかしアクセルを思い切り踏み込んだ。現実にクールに立ち向かう母の姿を小学生の皮膚感覚で綴った芥川賞受賞作。文學界新人賞「サイドカーに犬」も併録。（井坂洋子）
な-47-1

長嶋　有
パラレル
妻の浮気が先か、それとも僕の失職が原因か？　錯綜する人間関係と、男と女の行き違いを絶妙な距離感で描く長嶋有初の長篇。思わず書きとめたくなる名言満載の野心作！（米光一成）
な-47-3

長嶋　有
エロマンガ島の三人
エロマンガ島でエロマンガを読むだって？　実話にもとづくゆるくもせつない南国小説に、初のＳＦ、官能小説、ゴルフ小説など異色作を集めた楽しい裏ベスト的一冊。（バカタール加藤）
な-47-4